Pour Barbara

Jennifer Clement

Balles perdues

Traduit de l'anglais (États-Unis) par
Patricia Reznikov

Flammarion

Titre original : *Gun Love*
Éditeur original : Hogarth, an imprint of the Crown
Publishing Group, a division of Penguin Random House LLC, New York.
© Jennifer Clement, 2018.
Pour la traduction française :
© Flammarion, 2018.
978-2-0814-1657-4

DU MÊME AUTEUR

En compagnie de Basquiat, Denoël, 2002.
Une histoire vraie tissée de mensonges, Autrement, 2010.
Prières pour celles qui furent volées, Flammarion, 2014 ;
  J'ai lu, 2016.
La veuve Basquiat : une histoire d'amour, Bourgois, 2016.

Balles perdues

Première Partie

1

Ma mère était comme deux cents grammes de sucre en poudre. On pouvait toujours l'emprunter si on en avait besoin, comme on emprunte du sucre à sa voisine.

Ma mère était si adorable, si douce, que ses mains étaient toujours collantes comme après un goûter d'anniversaire. Dans son haleine, il y avait les cinq parfums des bonbons Life Savers.

Et puis elle connaissait toutes les chansons d'amour. Ces chansons qui sont l'université de l'amour. Elle connaissait « Marche doucement près de moi », « Où as-tu dormi cette nuit ? » et « Née sous une mauvaise étoile », et toutes les autres rengaines du genre si-tu-me-quittes-je-te-tue.

Mais la Douceur attire toujours le Grand Méchant Loup et le Grand Méchant Loup repère Mademoiselle Douceur dans n'importe quelle foule.

Ma mère a ouvert la bouche, elle a fait un grand O avec ses lèvres, et elle l'a littéralement aspiré jusqu'au fond de son corps.

Je n'ai pas compris. Elle connaissait toutes les chansons, alors pourquoi aller chercher les ennuis avec cet homme et se laisser remuer les émotions par lui ?

Quand il lui a dit qu'il s'appelait Eli, elle est tombée à genoux.

Sa voix l'a immédiatement domptée. Il n'a eu besoin que de quelques mots. Ses paroles sortaient tout droit d'une chanson, « Je suis ta potion, sweet baby, oh oui, oh oui, ton nom a toujours été écrit sur mon cœur ».

À partir de là, il n'avait plus qu'à la siffler.

2

Moi ? J'ai été élevée dans une voiture. Et quand on vit dans une voiture, on ne s'inquiète pas des orages et des éclairs. On a peur des camions de la fourrière qui pourraient venir vous enlever.

Ma mère et moi nous avons emménagé dans une Mercury quand elle avait dix-sept ans et que j'étais un nourrisson. Du coup, notre voiture, garée au bord d'un parking pour caravanes au milieu de la Floride, est le seul chez-moi que j'ai jamais connu. Nous vivions une existence au jour le jour, un peu comme ces jeux où il faut relier des points et des chiffres pour faire un dessin, on ne pensait pas trop à l'avenir.

La vieille voiture lui avait été offerte pour ses seize ans.

Autrefois, cette Mercury Topaz automatique de 1994 avait été rouge, mais elle était à présent recouverte de plusieurs couches de blanc que ma mère rajoutait tous les deux ou trois ans comme si c'était une maison. La peinture rouge apparaissait encore sous les égratignures et les éraflures. Par le pare-brise, on voyait le parking à caravanes et une pancarte qui disait : *Bienvenue au camp d'Indian Waters.*

Ma mère avait arrêté le moteur de la Mercury sous un panneau qui annonçait : *Parking Visiteurs*. Elle pensait qu'on n'y resterait qu'un mois ou deux, mais en fait nous y sommes restées quatorze ans.

De temps à autre, lorsque des gens demandaient à ma mère comment c'était de vivre dans une voiture, elle répondait : on est toujours en train de se demander où prendre une douche.

Nous n'avions peur que d'une chose, c'était que les Services de la protection de l'enfance débarquent. Ma mère craignait que quelqu'un à l'école, ou à son boulot, ait l'idée d'appeler le numéro d'urgence de l'enfance maltraitée et que je sois envoyée dans une famille d'accueil.

Elle connaissait tous les acronymes qui étaient comme les lettres *Resquiat In Pace* sur les pierres tombales : LSPE, Lois sur les Services de Protection de l'Enfance, FAP, Famille d'Accueil Plus, et NF, Nouvelle Famille.

— On ne peut pas se permettre de se faire trop de nouveaux amis, disait ma mère. On peut toujours tomber sur quelqu'un qui rêve d'être un saint assis sur une chaise au paradis. Et cet ami peut se transformer en un « Votre Honneur » en un clin d'œil.

— Depuis quand est-ce que vivre dans une voiture peut être considéré comme de la maltraitance ? demandait-elle sans attendre de réponse.

Le camp de caravanes était situé au centre de la Floride, dans le comté de Putnam. Le terrain avait été dégagé pour pouvoir accueillir au moins quinze caravanes, mais il n'y en avait que quatre. Elles étaient occupées.

Mon amie Avril May vivait dans l'une d'elles avec ses parents Rose et le sergent Bob. Le pasteur Rex habitait seul dans une autre, tandis que Mme Roberta Young et son adulte de fille Noelle occupaient encore une autre à côté de l'aire de jeux délabrée. Un couple de Mexicains, Corazón et Ray, habitait dans une caravane vers le fond du camp, loin de l'entrée et de notre voiture.

Nous n'étions pas dans le sud de la Floride, près du golfe du Mexique et des plages chaudes. Pas non plus près des orangeraies ni de Saint Augustine, la plus vieille ville d'Amérique. Nous n'étions pas à proximité des Everglades où des nuages de moustiques et une épaisse canopée de lianes et de plantes grimpantes cachent de délicates orchidées. Miami, avec ses échos de musique cubaine et ses rues pleines de décapotables, se trouvait à une longue distance en voiture. Animal Kingdom et Magic Kingdom étaient à des kilomètres. Nous étions au milieu de nulle part.

Deux autoroutes et un ruisseau, que tous appelaient une rivière mais qui n'était qu'un petit affluent de la Saint Johns, entouraient le camp. La décharge municipale se trouvait dans le fond, derrière des arbres. Nous respirions littéralement les ordures. Nous inhalions les gaz de décomposition et de rouille, les piles corrodées, la nourriture pourrie, les déchets hospitaliers dangereux, les odeurs de médicaments et le nuage de détergents chimiques.

— Qui a bien pu avoir l'idée de faire un camp de caravanes et une décharge sur ces terres indiennes sacrées ? disait ma mère. Cette terre appartient aux tribus Timucua et leurs esprits sont partout. Si tu sèmes une graine, c'est autre chose qui pousse ici. Si tu plantes une rose, un œillet sortira du sol. Si tu plantes un citronnier, cette terre te donnera un palmier. Si tu plantes un chêne blanc, tu te retrouveras avec un homme très grand. La terre ici est perturbée, tourneboulée.

Ma mère avait raison. Dans notre coin de Floride, tout était perturbé. La vie était toujours comme une chaussure qu'on aurait mise au mauvais pied.

Lorsque je lisais et relisais les gros titres des journaux sur les présentoirs à côté des chewing-gums et des bonbons à la caisse de la supérette, je me disais que la Floride cherchait les ennuis :

N'appelez pas le 117, achetez une arme ; Un ours revient en ville après avoir été déplacé ; Quatre personnes tuées par de l'héroïne mexicaine mortelle ; Un ouragan laisse place à un ciel couvert.

Un été, deux alligators siamois sont apparus près de notre rivière. Ils avaient à eux deux quatre pattes et deux têtes.

C'est ma copine Avril May qui les a trouvés. Elle était au bord de l'eau quand elle a vu les bébés alligators sortir de la terre sablonneuse à côté du petit ponton en bois. Des fragments de coquille blanche leur collaient encore aux écailles du dos qu'ils se partageaient.

Avril May n'a pas demandé son reste. Elle savait ce que nous savions tous : là où il y a un œuf d'alligator, il y a une mère alligator en colère pas très loin.

Ce même après-midi, après que la nouvelle s'était répandue dans le camp, tout le monde est descendu à la rivière pour voir si les bébés alligators étaient encore là. Ils n'avaient pas bougé de leur lieu de naissance et aucune mère ne s'était montrée. Il y avait de minuscules morceaux de coquille brisée autour d'eux. Chacun d'eux était à peine plus grand qu'un poussin.

Le lendemain matin, les premiers journalistes locaux sont arrivés. Dès l'après-midi, des reporters des chaînes de télévision nationales débarquaient avec des camions d'équipement et s'installaient. Avant même que la nuit ne tombe, quelqu'un avait attaché une des pattes de la bestiole à un palmier avec un mince fil à coudre bleu pour ne pas qu'elle s'échappe.

Pendant deux jours, notre tranquille parking de visiteurs à l'extérieur du camp a été envahi de voitures et de camions de télévision avec tout leur matériel technique. Nos bébés alligators siamois, nés de notre terre-puzzle perturbée, passaient aux infos nationales.

Seule une journaliste, une femme noire grande et mince avec des yeux vert clair et qui portait une casquette CNN, s'est intéressée à notre voiture-maison. Elle est tombée sur nous par hasard. Alors qu'elle se dirigeait vers la rivière, quelque chose l'a décidée à s'arrêter à la fenêtre ouverte de la Mercury.

Ma mère était à son travail. Elle travaillait comme femme de ménage à l'hôpital pour vétérans. Je venais de rentrer de l'école et je me préparais un sandwich au beurre de cacahuète et à la gelée de myrtilles sur le tableau de bord.

La journaliste s'est penchée et a passé sa tête par la fenêtre de la voiture. Elle a jeté un regard à l'intérieur.

— Tu habites ici ? a-t-elle demandé en regardant attentivement le siège arrière.

J'ai fait oui de la tête.

— C'est à toi ? C'est toi qui l'as dessiné ?

Elle a montré un dessin du Système solaire fait aux crayons gras scotché derrière le siège du chauffeur.

Elle portait une alliance en or et une bague de fiançailles avec un gros diamant.

Je regardais toujours les mains des femmes pour voir si elles étaient mariées. Ma mère disait qu'une bague c'était comme un passeport ou un permis de conduire pour l'amour.

J'ai hoché la tête et reposé la tranche de pain que je tartinais d'une épaisse couche de gelée de myrtilles sur l'assiette.

— Non, continue de te préparer ton déjeuner, a-t-elle dit. Je vais te poser des questions au sujet des bébés alligators, d'accord ? Mais tout d'abord, j'ai besoin de quelques petits renseignements. Tu as quel âge ?

— Neuf ans.

Je n'arrivais pas à détacher mes yeux de ses bagues-en-or-amour-toujours.

À l'époque j'avais neuf ans. Je m'en souviens parce que les alligators sont apparus la semaine qui a précédé mon dixième anniversaire. Quand je repense à ma vie dans la voiture, je la vois divisée en deux parties : avant que ma mère ne rencontre Eli et après. Ces mots, avant et après, sont comme des heures marquées sur une pendule.

— Et donc, tu vis dans cette voiture ? a demandé la journaliste.

Elle a regardé de nouveau à l'intérieur, passant sa tête presque complètement par la fenêtre.

— Comment tu t'appelles ?

— Pearl.

— Depuis quand vis-tu ici ?

— Depuis que je suis bébé.

— Tu n'as pas de toilettes ? De salle de bains ?

— On utilise ceux du parking. À côté de l'aire de jeux. Parfois ils coupent l'eau parce que ça sent mauvais à cause de la décharge. Ces jours-là, on va au McDonald's et on se brosse les dents là-bas.

— Pourquoi est-ce que l'eau sent si mauvais ?

— Tout le monde ici sait que c'est la décharge. Les ordures, c'est mauvais pour notre eau.

— Tu manges sur une très jolie assiette, dis donc, a dit la journaliste.

J'ai regardé la porcelaine blanche décorée de délicates fleurs roses et de feuilles vertes.

— C'est de la porcelaine de Limoges, j'ai dit. Ça vient de France.

La reporter n'a rien dit pendant quelques secondes, puis elle a demandé :

— Ça te plaît de vivre dans une voiture ?

— On peut toujours s'enfuir vite en cas de catastrophe. Enfin, c'est ce que ma mère aime bien dire.

La journaliste a souri et s'est éloignée. Elle ne m'a pas posé une seule question au sujet des alligators.

En l'espace de trois jours, tous les journalistes sont repartis, parce que le troisième matin après leur découverte les alligators étaient morts.

Ils sont remontés dans leurs voitures et leurs camions, ont fait demi-tour et sont repartis. Ça a été rapide. Comme un cortège funéraire qui aurait duré vingt minutes.

— Ils étaient vraiment très pressés. Ils n'ont même pas regardé derrière eux pour voir s'ils n'avaient rien oublié, a dit ma mère.

Nous savions bien que ces reporters ne supportaient pas les odeurs de la décharge. Nos ordures ne s'accordaient pas avec leurs parfums.

Après leur départ, ma mère a enfilé ses baskets, pris son vieux chapeau de paille, et elle est sortie de la voiture.

— Allons jeter un œil à ces bébés alligators, a-t-elle dit.

Alors que nous marchions vers la rivière, elle m'a prise par la main. Nous étions presque de la même taille. Si quelqu'un nous avait regardées nous éloigner, il aurait sans doute pensé que nous étions deux filles de neuf ans qui se dirigeaient vers une balançoire.

Ma mère et moi avons traversé le parking et suivi le sentier bordé de cyprès et d'herbe-scie jusqu'à la rivière. En avançant, nous avons dispersé un nuage de libellules bleues et jaunes qui volaient, immobiles, au-dessus du chemin.

Le soleil de l'après-midi était grand au-dessus de nos têtes dans un ciel sans nuages. Tandis que nous marchions, nos ombres étaient longues et minces devant nous. Comme deux amies, elles nous ont guidées jusqu'à la rivière.

— Pourquoi est-ce que c'est bien d'habiter dans une voiture ? ai-je demandé.

— Je vais te le dire. Il n'y a pas de cuisinière à gaz. Quand j'étais enfant, et plus tard en grandissant, j'avais toujours peur que quelqu'un oublie d'éteindre le gaz. Je déteste cette odeur de vieux chou qui se dégage d'une gazinière. Et il n'y a pas vraiment d'électricité dans une voiture, dit ma mère. Ni de prises électriques. Tu peux être sûre qu'il y a toujours quelqu'un, dans une maison, qui s'amuse à mettre quelque chose dans les prises, comme une épingle à cheveux ou une fourchette. Alors comme ça, ici, je ne m'inquiète pas.

Le bout de terre molle qui menait de notre voiture à la rivière était devenu une vraie cochonnerie. L'herbe le long du sentier avait été piétinée, on y avait abandonné des bouteilles en plastique, des canettes écrasées et des boules blanches de chewing-gum. Sous un cyprès on apercevait du câble électrique noir enroulé.

Ma mère et moi nous attendions à trouver les alligators morts, mais quand nous avons atteint la berge, ils n'étaient plus là.

Le sable blanc sur lequel les petites créatures se trouvaient la veille était devenu rouge. Seul un minuscule fragment d'écaille et de chair était resté accroché au fil bleu.

Les balles avaient littéralement déchiqueté les deux bébés.

Derrière eux, les tireurs avaient laissé quelques cartouches vides sur le sol.

Nous ne nous sommes pas posé de questions. Il y avait toujours quelqu'un ici qui avait envie de s'entraîner au tir. Toujours quelqu'un pour rôder dans le coin avec la gâchette qui le démangeait. Ces deux bébés n'avaient pas la moindre chance.

Une fois, nous avions même trouvé un impact de balle sur notre voiture. Elle avait transpercé le capot et avait dû aller se loger quelque part dans le moteur, parce que nous n'avions jamais retrouvé la balle, ni le trou par lequel elle était ressortie.

— Je me demande quand ça a pu arriver, a dit ma mère le jour où nous avons découvert le trou parfaitement rond dans la carrosserie, orné de son auréole sombre de résidus brûlés.

Nous n'avions rien senti.

— Les gens chassent les voitures maintenant, on dirait, a-t-elle dit. C'est une plaisanterie. C'est sans doute une balle perdue.

Mais nous savions toutes les deux que ce n'était pas inhabituel. Dans notre coin de Floride, on avait tendance à faire cadeau d'une balle à tout et n'importe quoi. Juste pour le plaisir.

3

Les matins de pluie, lorsque l'eau dégoulinait sur les vitres de la voiture et que tout devenait flou, je ne rêvassais jamais à une maison. Ce rêve-là était trop grand. Mes rêves étaient des rêves de meubles. Je m'imaginais avec un bureau et une chaise.

La nuit, je posais un oreiller sur le frein à main pour que les deux sièges avant se transforment en lit. Dans l'espace sombre des pédales de frein et d'accélérateur, je rangeais ma paire de tennis et mes sandales.

Mes livres et mes bandes dessinées étaient alignés en petites piles sur le tableau de bord. Ils étaient abîmés d'avoir passé tant de temps, jour après jour, sous les rayons du soleil.

Nous gardions la nourriture dans le coffre et mangions des aliments qui n'avaient pas besoin d'être conservés au réfrigérateur.

Nos vêtements étaient pliés dans des sacs en plastique de supermarché.

La boîte à gants nous servait à ranger nos brosses à dents, notre dentifrice et notre savon. Ma mère y mettait aussi la bombe d'insecticide Raid pour les insectes volants. Chaque soir, avant de dormir, nous fermions les portières et les fenêtres et en vaporisions l'intérieur de la voiture. Chaque matin, en nous étirant et en bâillant, nous avions le goût de l'insecticide dans la bouche, qui se mêlait à celui des Cheerios et du lait en poudre mélangé à de l'eau du petit déjeuner.

Dans cette voiture, ma mère m'a appris à mettre la table et à servir le thé. Elle m'a montré comment faire mon lit à l'aide d'un torchon plié autour d'un livre.

Ma mère connaissait toutes ces choses parce qu'elle avait été élevée dans une grande maison avec une véranda, une piscine et cinq chambres. Elle avait des domestiques et une salle de jeux pour tous ses jouets. Elle savait jouer du piano et parlait français, parce que lorsqu'elle était enfant, un professeur de français venait lui donner des cours deux fois par semaine. Quand elle était de bonne humeur, ma mère parsemait sa conversation de quelques mots de français. Pour ses sept ans, on lui avait offert un poney shetland.

Le prénom de ma mère était Margot, en hommage à Margot Fonteyn, la grande danseuse étoile. Ma mère avait une silhouette fine et délicate, elle était gracieuse. Même son cou était long et fin comme celui d'une danseuse. Ses membres étaient minces, ses doigts longs, et ses cheveux blonds et mousseux lui faisaient comme un nuage jaune autour de la tête.

Quand j'ai eu onze ans, j'ai atteint la taille de ma mère. Après ça, je n'ai plus jamais grandi.

— Tu es la prunelle sur mon prunier, me disait-elle.

Ma mère m'a appelée Pearl parce que, disait-elle, tu étais si blanche. Tu es arrivée dans un endroit à mille lieues d'un lieu de naissance normal, comme un hôpital ou une clinique.

— Personne n'a rien su. Et je t'ai fêté ton anniversaire, à toi toute seule, moi toute seule, en silence. Je n'ai pas pleuré et tu n'as pas pleuré. J'ai utilisé la salle de bains près de ma chambre parce qu'elle avait une grande baignoire qui allait d'un mur à l'autre. Il a fallu que je pense à tout ce que je devais faire. Je me suis allongée dans la baignoire comme dans un lit. J'ai mis d'abord des serviettes au fond, puis une couverture, et je me suis allongée dessus.

Ma mère était si petite qu'une baignoire était juste à sa taille.

— Pendant que j'attendais, là, que tu viennes à moi, disait-elle, j'inspirais et j'expirais profondément.

De la baignoire, elle voyait par la fenêtre les palmiers du jardin familial et le ciel.

— Pendant que je t'attendais, j'ai récité le rosaire, a-t-elle dit. Quand tu récites le rosaire, ta vie est suspendue, elle s'arrête.

Elle a vu le soleil se coucher et se lever.

— Et tu es venue à moi à l'aube en même temps que les oiseaux. Je les ai entendus derrière la fenêtre.

Après s'être nettoyé le corps, elle m'a lavée dans le lavabo avec un savon Avon et m'a séchée doucement en me tapotant avec des Kleenex.

— Tu étais si petite, disait-elle. Tu tenais dans une petite serviette. Tu étais si blanche. Tu semblais plus de la nacre que de la peau. Tu ressemblais à de la glace, ou à un nuage, ou à une meringue. Je pouvais presque voir l'intérieur de ton corps à travers ta peau. J'ai contemplé tes yeux bleu pâle et je t'ai donné ton nom. Tout simplement, a-t-elle dit.

J'étais Pearl, une perle. Les gens me dévisageaient. Mais je ne connaissais que cette vie-là. Je ne savais pas ce que c'était de se promener ici ou là sans être remarquée. Peut-être pensaient-ils que j'étais belle ou laide, mais peu importe, ils me dévisageaient tous. Il y avait toujours des mains pour se tendre et vouloir toucher mes cheveux argentés ou le lustre blanc de ma joue.

— Tu es belle comme de la nacre, a dit ma mère. Être près de toi, c'est comme porter de jolies boucles d'oreilles ou une robe neuve.

Ma mère a encore vécu deux mois après ma naissance dans la maison de son père, sans que personne ne sache que j'étais là.

— Quand je devais aller à l'école, disait-elle, ou te laisser pour faire quelque chose, je te mettais dans un placard dans ma chambre, tout enveloppée, dans le noir. Je t'ai fait un lit sur l'étagère à chaussures avec des serviettes et mes pulls. Je t'ai fait un petit nid comme pour un chaton. J'utilisais du papier absorbant pour te faire des couches. La maison était si grande, personne ne t'a jamais entendue pleurer. Tu es née dans un conte de fées, disait-elle encore.

Pendant sa grossesse, ma mère avait cherché ici ou là un endroit où elle pourrait garer sa voiture et vivre avec moi, le temps pour elle de trouver un travail et un petit appartement à louer. Le camp de caravanes n'était qu'à quarante minutes de chez son père.

— Si tu dois te cacher un jour, fais-le tout près, a dit ma mère. Personne ne pensera que tu te caches là où on pourrait te voir. Il y a plus de cent mille personnes disparues dans ce pays. S'ils n'arrivent pas à les retrouver, comment pourraient-ils nous retrouver nous ?

Ma mère avait choisi cet endroit à cause de l'aire de jeux et des toilettes. Elle pensait que nous ne serions ici que quelques mois seulement.

— On avait un endroit où commencer ensemble notre nouvelle vie, a dit ma mère. Je l'ai nettoyé. Et au fil des mois, pendant que je t'attendais, j'ai volé dans la maison de mes parents tout ce qui pourrait nous être utile.

Deux mois après ma naissance, deux mois avant ses examens, et deux jours avant son dix-septième anniversaire, elle est montée dans sa voiture et elle est partie pour ne plus revenir.

— Je n'ai pas regardé en arrière, a-t-elle dit. Ne regarde jamais en arrière parce que tu risquerais d'avoir envie de revenir. Ne zigzague pas, ne te retourne jamais, tu pourrais te briser en mille morceaux. Si jamais quelqu'un m'a cherchée après que je me suis enfuie, il n'a pas dû bien chercher, parce que personne ne m'a retrouvée.

Je n'ai jamais eu de certificat de naissance. Ma mère en a falsifié un qu'elle avait trouvé sur Internet pour pouvoir m'inscrire à l'école publique du coin, mais ma naissance n'a jamais été enregistrée.

— Ne t'inquiète pas pour tout ça, disait ma mère. On ne te retrouvera jamais, puisque tu n'as jamais disparu.

Chaque fois qu'elle me racontait ma naissance, elle disait que cette salle de bains carrelée de vert avec des toilettes, une baignoire et un lavabo avait été ma crèche.

Une nuit, quelques semaines après l'apparition et la disparition des alligators siamois, ma mère et moi discutions dans le noir, comme souvent, avant de nous endormir.

Nous nous racontions presque toujours nos journées. Je lui parlais de l'école, qui se trouvait en ville, à quarante-cinq minutes à pied le long de l'autoroute, et ma mère me faisait le récit de ses journées à l'hôpital pour vétérans.

— Ces hommes sont blessés et en colère. Mais ils n'ont que l'hymne national à la bouche, disait-elle. Pearl, c'est important, tu sais, de connaître la géographie, parce que les anciens combattants détestent ça quand les gens ne connaissent même pas les endroits où ils ont combattu.

Je savais que l'expression « en a eu » signifiait qu'un soldat avait tué des combattants ennemis.

Chaque fois que ma mère me racontait les histoires qu'elle entendait de la bouche des soldats, les guerres du monde extérieur pénétraient dans notre voiture.

Mes journées à l'école, elles, n'étaient jamais aussi intéressantes, même s'il y avait souvent des bagarres ou des gamins qui se faisaient prendre avec des cigarettes ou des armes dans leur sac de classe. Je n'avais pas d'amis proches à l'exception d'Avril May, qui vivait dans notre camp de caravanes, et je préférais rester dans mon coin.

Il n'a pas fallu longtemps à ma mère pour comprendre ce que les gens pensaient de nous. Moi, je l'avais compris dès les premiers jours d'école. Si vous habitez dans une voiture, ça veut dire que vous faites juste semblant de ne pas être une SDF qui vit sous un pont. Les gens croient toujours que le fait d'être sans domicile est contagieux.

Même avec les portes de la Mercury fermées et les vitres remontées – entrouvertes en haut pour laisser passer un peu d'air –, on entendait les grillons dehors. Le coassement des grenouilles qui nous parvenait depuis la rivière se mêlait au bruit des voitures et des camions qui roulaient dans les deux sens sur l'autoroute.

Ma mère passait sa main entre la portière et le siège et me caressait doucement la tête.

Je regardais par le pare-brise avant et elle par le pare-brise arrière.

— Tu vois des étoiles ? me demandait-elle au bout d'un moment.

— Non. Et toi ?

Les vitres de la voiture commençaient à se couvrir de buée.

— Non. Il n'y a pas d'étoiles ce soir, pas une. Mais je les sens. Ils arrivent.

— Qu'est-ce que tu sens, maman ? Qui arrive ?

— Tu ne les sens pas ? Les esprits indiens rôdent dans le coin ce soir.

— Je n'entends rien.

Ma mère arrêtait de me caresser la tête.

— Essaie de les sentir, disait-elle. Ferme les yeux.

— Non. Rien.

— Mais tu ne sens pas ? Ils arrivent à travers les arbres, depuis la décharge, dit-elle.

— Oui. Peut-être. Non.

— Il y en a deux. Oui, deux. C'est ça.

— Tu es sûre ?

— Oui, je suis sûre. Ils descendent. Ils se posent.

— Quoi ?

— Oui, ils descendent. Ils sont venus pour emporter avec eux l'esprit des alligators. Chaque fois que quelque chose cloche sur leur terre, ils arrivent. C'est la Grande Splendeur.

— Comment tu sais ça ?

— Je le sens, c'est tout.

Je fermais les yeux mais je n'entendais que le frou-frou du corps de ma mère sur le siège arrière et son souffle qui sortait d'elle comme un doux halètement. Je ne l'entendais jamais inspirer.

Je fermais les yeux et j'écoutais les étranges petits grincements et les soupirs qu'émettait parfois la voiture quand l'air, dehors, devenait dense et froid.

— Je vois bien qu'il n'y a pas de remède miracle pour en terminer avec cette vie, cette vie à un dollar, disait ma mère. Il faut qu'on pense à acheter un billet de loterie demain. Rien que d'y penser, j'en ai l'eau à la bouche.

— Oui, disais-je.

— Tu sais, me disait ma mère au bout de quelques minutes, parfois je suis prise d'un grand désir de tout recommencer de zéro. J'ai envie de retomber amoureuse de l'avenir.

Ma mère était toujours pleine de ces souhaits d'anniversaire, ceux qu'on fait quand on souffle les bougies.

4

Un jour, après qu'Eli était entré dans notre vie, j'ai trouvé ma mère assise toute seule sur le siège arrière de la voiture. Je rentrais de l'école. Elle aurait dû se trouver à son travail.

Elle portait une robe d'été bleu clair en coton et elle avait encore ses chaussures aux pieds, ce qui était inhabituel. Nous enlevions toujours nos chaussures quand nous étions dans la voiture.

— Qu'est-ce qui t'arrive ? ai-je demandé. Pourquoi est-ce que tu n'es pas au travail ?

— Les mots n'ont de sens que s'ils sont vrais, a dit ma mère. Je crois qu'Eli me ment. Il ne parle jamais de sa vie. Chaque fois que je lui pose une question, il change de sujet. Je n'arrive pas à voir en lui.

Ma mère était capable de voir à l'intérieur des gens, d'y deviner du verre brisé. Elle discernait les éclats de verre dans leur corps et les bouteilles pleines de larmes.

— Je peux voir les fenêtres cassées, disait ma mère. Dans le corps d'une personne, j'aperçois la trace de saleté autour de la baignoire et les brûlures de cigarettes sur la moquette.

J'arrive à distinguer tous les petits cachets d'aspirine Bayer qui sont à l'intérieur.

Ma mère disait que ces impressions devenaient de plus en plus fortes à chaque anniversaire.

— Je me rappelle mes leçons de piano, disait-elle.

Elle avait étudié le piano dès l'âge de six ans dans une école de musique privée, jusqu'à sa fermeture, quand elle avait eu quinze ans. Ensuite, elle avait pris des cours privés chez elle avec M. Rodrigo, avant qu'on ne s'enfuie toutes les deux.

M. Rodrigo était un musicien cubain qui avait étudié la musique à Vienne et à Londres, et qui aurait pu être un grand pianiste de concert. Il avait aussi appris à ma mère à aimer le blues et le jazz.

— Bien sûr, il n'est jamais devenu célèbre, disait ma mère. Il est devenu professeur seulement parce qu'il devait nourrir sa femme et ses deux enfants. Mais je savais qu'il y avait aussi une autre raison. M. Rodrigo avait pour habitude de taper dans ses mains pour marquer les temps et chaque claquement était une gifle et une fessée, un coup de fouet. Chaque claquement à l'unisson avec le métronome était une nuit au lit sans dîner. Je percevais les marques de coups et les os brisés de l'enfance sous sa peau d'adulte. À chaque leçon de piano, à chaque fois, après que j'avais fait mes gammes, la pièce se mettait à sentir le Mercurochrome.

— Le piano te manque? demandais-je.

— Oui, et M. Rodrigo aussi. Il était le genre de personne qui savait qu'au fond, ce dont on a tous besoin, c'est juste d'écouter une chanson et de se laisser bercer.

Parce qu'elle était capable de voir sous la peau et l'écorce, ma mère se retrouvait sans arrêt mêlée aux mauvaises personnes, remuée avec une cuillère, secouée comme un milkshake.

Une fois, elle avait accueilli un auto-stoppeur de dix-huit ans chez nous, dans la Mercury, pendant deux jours. J'avais déménagé sur le siège arrière avec ma mère pendant qu'il s'installait à l'avant. Il était si maigre que les passants de son jean se touchaient presque, serrés par la ceinture en cuir qui maintenait le pantalon sur ses hanches. La boucle de la ceinture était en argent, avec un aigle doré au centre.

Les veines sur les bras du jeune homme ressortaient comme des branches.

— On peut voir l'arbre qu'il a à l'intérieur, a dit ma mère.

Sa peau était pâle, ses yeux bleu foncé avec de longs cils et il était aussi menu que nous. Il venait de Californie. Il était gentil et bien éduqué. Il disait que ses parents étaient professeurs.

Il avait fugué. Lorsqu'il avait annoncé à ses parents qu'il allait partir, ils avaient ri et dit : Très bien, pars et ne reviens pas. Ils ne l'avaient pas cru. Ils pensaient qu'il plaisantait.

Ma mère l'appelait Monsieur Ne Reviens Pas.

— Moi aussi, j'ai fugué, lui a dit ma mère. Les fugueurs ont besoin de prendre soin les uns des autres. De toute façon, je vois bien que tu es un garçon qui n'a jamais eu de rêves. Jamais tu ne t'es endormi pour rêver après. Ta vie n'est qu'une demi-vie. Il te manque l'autre moitié. Tu as le côté vie, le côté mort viendra, mais tu n'as pas le côté rêve. S'il n'y a pas de rêve, alors il n'y a pas de veille. Tu n'es pas éveillé.

Ma mère avait raison. Le fugitif ne dormait jamais. Ses yeux étaient toujours ouverts.

— Tu fais une erreur, lui a dit ma mère. Tu as besoin de te reposer. Si je pratiquais un sport, si quelqu'un me demandait quel sport je pratique, je serais obligée de dire : le sommeil.

C'est grâce à Monsieur Ne Reviens Pas que j'ai entendu parler du père de ma mère et des raisons pour lesquelles elle était partie.

Monsieur Ne Reviens Pas était chez nous depuis un jour et une nuit. Nous étions à l'extérieur de la voiture, appuyés contre le coffre à regarder passer les voitures et les camions sur l'autoroute. Ma mère était en train d'éplucher une orange et lui donnait de gros quartiers juteux pour qu'il en aspire le jus. Dans sa tête, elle avait décidé que c'était un naufragé et qu'il avait le scorbut. Parce qu'elle pensait qu'on n'a pas besoin d'être à la dérive dans l'océan pour être un naufragé.

Je mâchais du chewing-gum et je me demandais combien de temps ma mère avait l'intention de laisser Monsieur Ne Reviens Pas rester chez nous. J'avais déjà envie qu'il s'en aille.

— Alors, miss Madame, a-t-il demandé, pourquoi est-ce que vous vivez dans cette voiture avec votre petite fille ?

Ma mère n'a pas répondu.

— Eh, dites donc, regardez, a-t-il dit en s'éloignant un peu de la voiture et en tendant le doigt. L'herbe a poussé autour des pneus, elle est haute. Cette vieille voiture n'a pas été utilisée depuis des années. Les pneus sont même à plat.

— Je sais, je sais, a dit ma mère. Je n'ai pas trop d'endroits où aller, en réalité.

— Alors pourquoi ? Pourquoi vous vivez ici ?

— La réponse est facile. Mon père avait une tapette à mouches dans chaque pièce de notre maison, a dit ma mère. Voilà pourquoi je suis partie.

Quand elle a prononcé ces mots, je me suis immobilisée et j'ai retenu mon souffle. Mon chewing-gum a stoppé sa danse dans ma bouche.

— Les tapettes à mouches étaient accrochées à des clous ou posées sur les appuis de fenêtres. Mon père en avait beaucoup et passait son temps à taper sur quelque chose, jusqu'à ce que ce quelque chose soit mort, expliqua ma mère. Il utilisait même les tapettes sur les papillons. Donc, il aimait bien s'en servir sur moi. Et il s'arrangeait toujours pour poser le pied sur un scarabée ou une fourmi. Mon père portait des chaussures pour écraser, aplatir ou frapper. On ne peut pas passer son temps à tuer les petites bêtes. Et il n'allait jamais au travail. Il n'a jamais eu de boulot. Je lui ai bien laissé un mot pour lui dire que j'étais partie, parce que je savais qu'il ne viendrait jamais me chercher. Mon père pensait que je reviendrais quand je n'aurais plus d'argent. À l'heure qu'il est, il doit encore attendre.

— Vous ne lui avez jamais demandé de l'argent, miss Madame ? a demandé le fugueur, mais ensuite il s'est repris. Bien sûr que vous ne lui avez jamais demandé d'argent. Pas la peine de répondre à cette question idiote. Les gens pensent que ceux qui fuguent n'ont pas de fierté, mais on en a plein, on est une vraie banque de fierté.

— Pearl, a dit ma mère, je t'ai sauvée de la tapette à mouches. Quand j'étais enfant, je me posais toujours cette question. Elle me trottait tout le temps dans la tête. Est-ce que les gens, dans les autres maisons, lavaient leurs tapettes à mouches ?

— C'est bien que vous ayez quitté votre papa, miss Madame, a dit le fugueur. On ne peut pas rester là et attendre qu'un vieux tape sur votre petite fille avec une tapette à mouches. C'est la pire chose que j'aie jamais entendue.

Ces mots ont empli ma mère de joie, comme s'il lui décernait un diplôme de bonne mère. Généralement, tout ce que ma mère faisait lui attirait des critiques, comme si le fait de ne pas avoir de porte d'entrée vous rendait indigne d'un travail, d'une amitié ou même qu'on vous prête quelque chose. Devant notre vie, les gens secouaient toujours la tête d'un air désapprobateur.

Ma mère n'a jamais oublié Monsieur Ne Reviens Pas. Elle disait que ses mains étaient pleines de claquements de mains de chants d'église. Ils se comprenaient. Sa vie bancale qui n'avait qu'un côté l'inquiétait, alors, de temps en temps, elle l'évoquait.

— Bien sûr, il est comme un pétard avec lequel on peut se brûler les doigts, disait-elle. Bien sûr, c'est un assassin et un petit avorton. Si tu ne rêves pas la nuit, alors il n'y a que cette vie qui compte. Tu n'as pas d'autre endroit où aller. Je te garantis que ce sac d'os cassés ne me manque pas !

Dans la mesure où ma mère me traduisait le monde, j'ai compris que tous les gens se baladaient avec des secrets et des os cassés et des mots qui font mal, toutes choses qu'on ne pouvait pas faire partir avec du savon.

À l'église, elle parcourait des yeux les bancs, se penchait vers moi et me chuchotait :

— Pearl, trésor, tous les gens ici ont peur de mourir.

Comme elle ressentait la fragilité de toute chose, il lui était impossible d'en vouloir à qui que ce soit. Elle était en sucre. D'ailleurs, elle avait toujours sur elle une boîte de sucres en morceaux Domino, plutôt que des bonbons. Lorsque j'embrassais sa joue, j'en sentais les petits grains. Si jamais j'étais triste, elle me donnait un morceau de sucre à sucer.

Alors, la vérité de tout ça est la suivante : ma mère avait toujours dit que le jour où elle rencontrerait un assassin, elle sentirait que les chaussures de cet homme le serraient trop.

Et elle voyait en moi aussi. Un jour, elle me dit :

— Pearl, bébé, ne m'aime pas trop fort. Je n'en vaux pas la peine.

5

Dans la Mercury, il y avait plein d'objets que ma mère avait volés dans sa maison au moment de s'enfuir.

— J'ai bien réfléchi à tout ça pendant les neuf mois avant ta naissance, m'avait-elle dit. Je savais que je devrais prendre le genre de choses que je ne pourrais pas m'acheter. Je voulais que tu voies de quelle vie tu venais. Cette voiture n'est pas ton seul héritage.

J'aimais bien me tenir à l'extérieur pour regarder ma mère mettre la clé dans la serrure du coffre et la tourner. Le coffre se soulevait et s'ouvrait lentement. Je risquais un œil à l'intérieur et, sous les provisions de nourriture, j'apercevais de l'or et de l'argent. Il y avait le chatoiement des belles boîtes en carton recouvertes de papier blanc, des coffrets en bois ou en cuir, avec de fins loquets dorés.

Un long sac en feutrine vert entouré d'une ficelle de soie rouge renfermait un bateau chinois en ivoire sculpté à la main. Il avait des mâts et des voiles, le tout façonné dans une seule défense d'éléphant longue comme mon bras. On y voyait aussi des petits marins qui tenaient les rames ou s'appuyaient contre un des mâts. Il avait appartenu à l'arrière-grand-père de ma mère.

Il y avait aussi une ancienne boîte à musique en acajou avec une marqueterie de coquillages, enveloppée dans du papier. Un des côtés était vitré afin qu'on puisse regarder le levier bouger et les épingles pincer les dents du peigne pendant qu'elle jouait *Le Beau Danube bleu*.

Un étui en cuir noir contenait le violon de mon arrière-grand-père.

— Évidemment, disait ma mère, ce n'est pas un Stradivarius, mais c'est un très bon violon italien.

Tout au fond du coffre se trouvait une boîte longue et plate, recouverte de soie sauvage jaune pâle et entourée d'un ruban de soie jaune foncé. On ne l'ouvrait jamais, car elle contenait la robe de mariée en chiffon de soie de ma grand-mère, et ma mère ne voulait pas qu'elle se salisse.

Ma mère avait aussi deux assiettes en porcelaine de Limoges, deux verres à vin Masséna en cristal de Baccarat, et deux ménagères de cinq pièces chacune en argent.

Elle m'a montré comment regarder la porcelaine à la lumière pour savoir si c'était bien de la porcelaine. Il s'agissait de voir si elle était bien translucide, presque transparente.

J'ai appris à faire la différence entre le verre et le cristal, entre leurs différents tintements. Peu à peu, j'en suis venue à apprécier l'art avec lequel sont façonnés la tige, le calice et le buvant d'un verre à vin.

De temps en temps, elle sortait le tout du coffre et prenait la pochette de bijoux en soie. Elle possédait une bague avec un diamant entouré de rubis qui avait appartenu à sa grand-mère française. La bourse contenait aussi un rang de perles, de la plus grande longueur qu'on puisse acheter. Elle m'a appris que les rangs de perles se mesuraient en centimètres. Il y avait le ras-du-cou, la princesse, la matinée, l'opéra, le *rope* et le long sautoir.

Installée sur le siège arrière, j'ai aussi appris à deviner si une perle était véritable ou faite de plastique en mordant doucement dedans avec mes dents.

À côté de ces trésors se trouvait le minuscule bracelet de ma mère en plastique rose de la maternité avec son nom inscrit dessus. Il indiquait, griffonné à l'encre noire, le nom de famille et le sexe : France. Fille.

Personne ne portait jamais ces joyaux. La seule chose qu'elle mettait était une petite bague en argent sertie d'une minuscule opale bleue que lui avait donnée M. Rodrigo, son professeur de piano. Il la lui avait offerte à cause d'une superstition qui avait cours à Cuba selon laquelle si l'on portait une opale, la pierre avait un effet sur le piano, elle ensorcelait l'instrument.

Le piano lui manquait souvent.

Ma mère aimait bien se mettre à genoux sur le siège passager, se pencher en avant et jouer sur un piano imaginaire le long du tableau de bord. À partir du *do* du milieu, qui se trouvait sous le rétroviseur, ses mains allaient et venaient sur le plastique gris et sale. Ses doigts montaient et descendaient, ses pouces plongeaient sous ses paumes pour atteindre les dièses et les bémols. De temps en temps, une main passait au-dessus de l'autre, puis s'élevait dans les airs, une seconde suspendue, avant de retomber à nouveau pour recommencer la course montante et descendante le long du clavier.

— C'était du Mozart, disait-elle. Ça t'a plu ?

Ou bien :

— C'était des exercices pour les doigts.

Je n'arrivais pas à faire la différence. Elle percevait des marteaux qui frappaient des cordes, mais moi je n'entendais que le tapotement de ses doigts sur le tableau de bord.

Nous aimions aussi partir pour un voyage imaginaire sur la route. Je jouais à faire comme si nous allions vraiment quelque part. Ma mère aussi jouait le jeu.

J'étais la conductrice. On avançait le siège avant, mais mes jambes étaient tout de même trop courtes pour atteindre les pédales. Je tournais le volant et faisais semblant de conduire.

Ma mère s'asseyait à côté de moi côté passager. Elle vérifiait son rouge à lèvres dans le miroir, mettait ses lunettes de soleil et allumait la radio. Elle s'assurait toujours que la batterie de la voiture fonctionnait et, au fil des années, nous en achetions des neuves. C'était là le seul entretien de la voiture.

On bouclait nos ceintures.

— Allez, on part sur la route, disait ma mère. Laisse de la gomme sur le bitume ! Dépasse la limite de vitesse. Allez, pied au plancher ! Comme ça, on aura une amende.

— Où tu veux aller ? lui demandais-je.

Pendant nos voyages imaginaires, ma mère évoquait sa vie.

Je faisais semblant de tourner le volant et elle me parlait de Saint Augustine, la ville où elle avait grandi.

J'avais appris en cours d'histoire que Saint Augustine avait été fondée par les Espagnols en 1565 et que la région avait été peuplée par les Indiens Timucua.

— Notre maison était une grande demeure entourée de chênes, racontait ma mère. J'avais deux placards pour mes vêtements et tous les cintres étaient recouverts de satin rose.

Tout en parlant, souvent, elle tendait le bras et me caressait doucement la joue avec le dos de sa main. Pour moi, cette caresse était encore plus tendre et pleine d'amour que si elle l'avait faite avec sa paume.

Je gardais un œil rivé sur notre route imaginaire.

— Je n'arrive pas à croire qu'on habite encore dans cette voiture, disait-elle. J'ai toujours cru qu'on vivrait ici seulement quelques mois, le temps que je trouve un boulot et que je loue une maison. Pardonne-moi, Pearl.

Elle avait été une enfant unique dans une maison remplie de domestiques.

Accroupie sur le siège à côté de moi, ma mère mettait parfois un pied sur le tableau de bord et, penchée en avant, se peignait les ongles des pieds et des mains d'un rouge vif. La teinte s'appelait « Meet me on the star ferry ». Elle choisissait ses vernis d'après le nom de la couleur sur le fond du flacon. Elle avait des vernis qui s'appelaient « Melon of Troy », « Surfing for Boys » et « Twenty candles on my cake ».

— Pour l'anniversaire de mes dix ans, mon père a loué un manège qui a été installé devant la maison, disait ma mère. La pelouse a été abîmée pour toujours. Les types qui l'ont installé ont piétiné l'herbe, ont enfoncé des pieux dedans et ont laissé l'huile du moteur du manège couler partout. Pourquoi ont-ils saccagé la pelouse ? Pourquoi ? Il aurait été si simple de mettre du carton ou du plastique pour la protéger. Je peux te dire que l'herbe de cette pelouse a souffert.

— Comment tu le sais ?

— Pearl, ça se sentait, tout simplement. Un jour, un savant sera capable d'entendre tout ce que disent les plantes.

Tu verras, un jour on saura ce que ressentent les arbres quand on les élague. Ce jour va arriver bientôt. Ce sera un vrai choc pour le monde entier.

Lors de ces voyages imaginaires, mes bras fatiguaient de devoir tenir le volant, mais je m'accrochais pour que ma mère ne s'arrête pas de parler.

— Ta grand-mère est morte dans un accident de voiture, disait-elle. Un camion Pepsi lui est rentré dedans. Les bouteilles de Pepsi cassées se sont renversées partout. Il y avait des mares de soda et des flaques partout. Mes chaussettes blanches étaient toutes marron et poisseuses et mes chaussures collaient à la route.

— Vous alliez où ?

— On allait chez le médecin, le pédiatre. J'étais assise à l'arrière, j'avais cinq ans. J'étais malade, avec de la fièvre.

— Et qu'est-ce qui s'est passé ?

— Tu sais, je n'étais qu'un petit bout de chou. Je ne me souviens pas de tout.

Peu importait combien de fois ma mère m'avait raconté ces événements. Je voulais entendre l'histoire de la mort de ma grand-mère encore et encore. Quand il s'agissait d'une histoire tragique, j'étais toujours partante.

— Pendant qu'on attendait l'ambulance, disait ma mère, j'ai entendu ce qu'elle pensait juste avant de mourir. J'entendais aussi des sons en provenance de notre voiture écrasée. Ce devait être le moteur qui faisait des bruits. Il craquait et de l'air sortait de quelque part. Et puis il y a eu un silence, avant que les voitures de police et l'ambulance n'arrivent.

— Tu es restée combien de temps coincée dans la voiture ?

— Je ne sais pas exactement. Mais il leur a fallu au moins une heure pour désincarcérer la voiture du camion et nous sortir de là.

— Qu'est-ce qu'ils ont dit ? Qu'est-ce que ta mère a dit ?

Je posais toujours la question, même si je connaissais la réponse.

— Elle ne l'a pas dit tout haut, bien sûr. Elle ne l'a pas dit tout haut, mais je l'ai entendu. Personne ne m'a crue. Je n'avais que cinq ans et personne ne croit une enfant de cinq ans.

— Moi, je te crois, disais-je.

Ma mère relevait ses mains et soufflait sur le vernis rouge encore frais sur ses ongles.

— Je ne crois pas qu'elle ait vraiment prononcé les mots, disait ma mère, mais je les ai entendus : Est-ce que c'est dans le Livre de Vie de l'Agneau ?

— Elle a dit ça ? Juste ça ?

— Oui, c'est ce qu'elle a dit. Est-ce que c'est dans le Livre de Vie de l'Agneau ? Ce furent ses seules paroles.

Dans le parking visiteurs du camp de caravanes, il n'y avait pas de mouvement, nous n'avancions pas. Il n'y avait pas de voyage. Notre voiture faisait toujours face au même mur et aux mêmes arbres.

— Tu te souviens d'elle ?

— Oui.

J'observais le visage de ballerine de ma mère. Elle regardait par la fenêtre vers l'autoroute.

Elle disait :

— Je sais qu'il n'y a que la mémoire pour remplacer l'amour.

Lorsqu'Eli est entré dans notre vie, ma mère n'a plus joué de son piano imaginaire et les histoires de son enfance se sont taries. À présent, c'était à Eli qu'elle les racontait. Je le sais parce qu'une fois, il lui a acheté une bouteille de Pepsi. Elle a dit que c'était tout à fait son genre d'humour. Mais elle a dit aussi qu'elle ne trouvait pas ça drôle.

6

Ma meilleure et ma seule amie, Avril May, vivait dans une grande caravane argentée au fond du camp, près de la décharge. Bien qu'elle eût deux ans de plus que moi, nous étions dans la même classe et elle était ma seule véritable copine.

Parce qu'il y avait si peu de familles avec des enfants dans le coin, notre petite école publique était sans cesse menacée de perdre ses subventions fédérales et de se voir fermée. Les trois dernières décennies, la plupart des gens avaient déserté les petites villes et s'étaient installés dans les plus grandes où il était plus facile de trouver du travail. Beaucoup d'écoles rurales avaient déjà été fermées et nous savions que ce n'était qu'une question de temps avant que la nôtre ne ferme aussi.

Il n'y avait que six élèves dans ma classe et nous avions le même professeur pour toutes les matières. Ma mère ne m'autorisait à fréquenter qu'Avril May. Elle ne voulait pas que des inconnus me posent des questions. Elle avait constamment peur qu'on me retire à elle et que je me retrouve placée dans un foyer d'accueil.

— Il se trouve toujours quelqu'un pour te rendre service, disait ma mère.

Mais la vérité c'est que personne ne venait jamais frapper à la portière de la voiture pour être mon amie ou pour partager avec moi une barre chocolatée.

Les parents d'Avril May permettaient à ma mère d'utiliser leur caravane comme adresse quand j'avais besoin de m'inscrire à l'école ou quand des documents administratifs en exigeaient une.

Je faisais presque toujours ses devoirs. Elle n'était pas douée pour ça, mais elle n'était pas bête. Ça ne me dérangeait pas. C'était facile pour moi, dans la mesure où ma mère m'avait appris tellement de choses, bien avant qu'on ne les aborde à l'école.

Avril May était rousse et couverte de tant de taches de rousseur que sa peau en était devenue brun-rouge. Ma mère nous appelait *La Glace* et *Le Feu*.

Avril May était plutôt autoritaire et j'aimais bien ça chez elle, parce que ma mère ne l'était pas. Ma mère ne m'ordonnait jamais de faire quoi que ce soit à part de faire des rêves quand j'allais dormir.

Elle disait que nous appartenions elle et moi à la Tribu des Rêves.

— Il ne faut pas longtemps pour s'apercevoir que les rêves, c'est mieux que la vie, disait ma mère.

Avril May faisait tellement son petit chef que je l'appelais « la police de mets-ta-main-sur-ta-bouche-quand-tu-tousses », ou « la police de ne-me-réponds-pas-comme-ça », ou « la police de ferme-la-bouche-quand-tu-manges ». Elle était autoritaire parce que son père avait été dans l'armée et la traitait comme un soldat. Son côté tyrannique ne me dérangeait pas parce qu'elle adorait me lancer des défis et qu'il y avait peu de choses que j'aimais autant qu'un défi.

Si Avril May disait : On va marcher le long de la rivière, je disais oui.

Si elle disait : On va à la boutique de bonbons et tu voles des chewing-gums, je disais oui.

Ma mère disait que j'étais née sous l'étoile du Risque.

— Attention, disait-elle, si tu continues, un jour tu vas traverser les voies et faire la course avec un train. Si nous avions une maison, tu t'amuserais à sauter du toit.

Si Avril May disait : On va explorer la décharge et je parie que tu n'es pas capable d'ouvrir les gros sacs en plastique noirs, je disais si, si, si.

Nous savions qu'un jour nous trouverions un corps dans un de ces sacs. Cette scène de crime habitait notre imaginaire en permanence. Nous avions bien trouvé des chats et des chiens morts.

La petite décharge derrière le camp de caravanes était celle de la commune. Elle était cachée par une rangée de pins des sables, mais rien ne pouvait amortir les odeurs et le bruit des camions à ordures. Le hurlement des gonds rouillés chaque fois que le camion chargeait et déchargeait les détritus se mêlait au bruit du vent et de la pluie, comme s'il faisait lui aussi partie de la nature.

On nous interdisait de nous approcher de la décharge parce qu'elle était sale, remplie de choses en décomposition qui pourraient nous rendre malades. Rose, la mère d'Avril May, disait même qu'on y trouvait des matières toxiques et des déchets médicaux en provenance de l'hôpital pour vétérans où ma mère et elle travaillaient. Mais nous y allions quand même.

À l'extérieur de la décharge, un panneau fixé à la barrière avec un fil de fer disait : *Danger, interdit d'entrer.* Mais il n'y avait ni grille, ni verrou, ni gardien.

Un grand arbre poussait d'un côté de l'entrée : il avait été utilisé comme cible pour des exercices de tir et son tronc était criblé de trous. Il y avait plusieurs endroits où je pouvais voir au travers de l'écorce brun orangé.

Même avec la pourriture, la décharge était surtout un paysage fait de plastique de toutes les couleurs et de morceaux de verre cassé qui brillaient, verts et bleus, parmi les détritus comme des cristaux. Il y avait des assiettes en plastique, des cuillères, des fourchettes, des boîtes, des bouteilles et des morceaux de poupées. Des têtes de Barbie sans corps avec des chevelures jaunes, orange ou rouges, tout emmêlées et collées, se retrouvaient parmi des coquilles d'œufs et des cartons de lait. On trouvait des paires de jambes en plastique rose, ou une jambe solitaire qui dépassait d'une boîte rouge de Lucky Charms, des bras et des torses roses avec un nombril.

Un jour, Avril May avait même trouvé un vieux jean avec un billet de dix dollars qui dépassait de la poche arrière. On n'arrivait pas à y croire. À partir de ce jour, nous avons fouillé les poches de tous les vêtements abandonnés et effilochés que nous trouvions.

Lors d'une de nos chasses au trésor, j'ai trouvé un thermomètre cassé dans une petite boîte. Le mercure argenté s'était fragmenté en petites boules. Tandis que je jouais avec le liquide vif-argent, le faisant rouler sur la surface de ma paume, le mercure se divisait en minuscules gouttes fuyantes, puis se reformait en une grande perle. J'ai fait rouler le métal liquide de mes mains dans la poche de mon jean.

Lorsque je suis revenue à la voiture, j'ai mis le mercure dans un petit sac que j'ai glissé sous le siège avant. Ce sac contenait toutes les choses que j'avais rapportées de la décharge. J'y avais mis des billes, une créole en or et quatre boutons en cuivre, chacun décoré d'une petite ancre de marine.

Une fois, Avril May a trouvé une boîte en carton remplie de grands papillons de nuit bruns et noirs. Au début, j'ai cru que l'un d'eux était un oiseau, tellement il était grand. Les papillons étaient posés les uns sur les autres, avec de fins morceaux de papier de soie entre chaque.

Dans la boîte se trouvait aussi un bout de papier avec le nom de chaque espèce inscrit à l'encre dessus. La liste était la suivante : Atlas, Papillon Deuil, Papillon Comète, Papillon Lune, Sphinx Tête de Mort, et Noctuelle Agrotis Clavis La Pointillée.

Nous avons essayé de les prendre dans nos mains, mais après quelques tentatives précautionneuses, nous avons renoncé. Les papillons de nuit s'émiettaient et se transformaient en poudre dès que nous les touchions.

— Cette collection a appartenu à quelqu'un, a dit Avril May. Je la prends. Je ne peux pas laisser tous ces papillons morts ici. C'est comme si on nous avait jeté un sort. Si je ne les prends pas, des choses mauvaises vont arriver.

Avril May était si superstitieuse qu'elle inventait même ses propres superstitions, comme ça, sur le moment.

— Laisse-les, ai-je dit, ils tombent en miettes.

— Très bien, a dit Avril May. Mais si des trucs moches arrivent, ce sera de ta faute.

Nous avions aussi l'habitude de trouver des piles et des piles de magazines, surtout des vieux exemplaires du *Time* ou des revues pornos. Notre éducation sexuelle s'est faite dans la décharge et nous avons vu des choses dans ces revues que personne ne devrait jamais voir.

Il y avait aussi des chaussures de bébés éparpillées partout, et certaines étaient encore par paires, attachées par leurs lacets.

Ma mère disait :

— Je pense sans cesse que l'air qui vient de cette décharge s'en va finir au-dessus de l'océan. Un jour ou l'autre, tout ce qui vient des États-Unis se disperse au-dessus du pays puis de l'Atlantique. Tout ce qui arrive à New York finit par être emporté au-dessus de l'Islande ou de l'Irlande. Regarde le ciel et imagine tout ce qu'il contient. Imagine tous les ballons d'anniversaire qui ont dérivé jusqu'en France. Pense à toute la fumée des feux d'artifice du 4 juillet qui s'est dispersée au-dessus de la terre et la mer jusqu'en Angleterre.

Le père d'Avril May, que tout le monde appelait sergent Bob, était un vétéran de guerre. Il était allé en Afghanistan. Il avait été l'un des premiers à partir là-bas et aussi l'un des premiers à en revenir.

Le sergent Bob était grand et se rasait la tête. Il portait une courte barbe, qui ne poussait que sur son menton, et il la caressait tout le temps ou tirait dessus comme s'il voulait se l'arracher. Il lui manquait aussi une oreille, à cause d'une mine, la même que celle qui avait emporté sa jambe.

Le sergent Bob aimait bien dire, avec colère et indignation, qu'il avait marché sur une « putain de mine russe », comme si cela pouvait rendre la mine encore plus terrible.

L'explosion l'avait laissé aussi presque entièrement sourd, ce qui faisait qu'on devait crier quand on voulait lui parler.

Le sergent Bob disait que maintenant qu'il n'avait plus qu'une seule jambe et qu'il était sourd, il avait découvert les livres. Il pouvait en commander sur les catalogues de la bibliothèque de prêt du Département des Vétérans, qui opérait sur tout le territoire.

Parfois il portait sa prothèse mais la plupart du temps il se déplaçait en clopinant sur ses béquilles, sa jambe de pantalon vide relevée avec une grosse épingle à nourrice. Il portait rarement une chemise et il avait des tatouages sur tout le haut du corps. Il s'était fait tatouer après que deux de ses amis étaient morts en Afghanistan.

Le sergent Bob disait que l'endroit le plus douloureux où se faire tatouer était la peau sur les côtes.

Sur le côté gauche, au-dessus de sa taille, on pouvait lire : *En souvenir des camarades tombés.* Sur le côté droit, le tatouage disait : *In God We Trust.*

— J'ai reçu une éducation chrétienne, disait le sergent Bob. Mais je ne croyais pas vraiment en Dieu jusqu'à ce que je sois envoyé en Afghanistan. Ces gamins qui sont morts là-bas, ça aurait pu être n'importe qui. Chaque jour de ma vie, je regarde ces tatouages et je mesure la chance qui est la mienne. Maintenant je crois en Dieu, parce que comment vous voulez faire autrement à mon âge ?

Le sergent Bob avait sept cartouches tatouées dans le dos, avec les noms des sept amis qu'il avait perdus inscrits à l'intérieur de chaque balle. Chaque fois que je me trouvais près de lui, je ne pouvais m'empêcher de les lire : Sean, Mitt, Carlos, Luke, Peter, Manny et José.

Rose, la mère d'Avril May, était assistante infirmière au petit hôpital pour vétérans de la ville, qui était réservé aux hommes. Le sergent Bob avait rencontré Rose à l'hôpital. Elle avait été l'une de ses infirmières.

Dans le camp, on allait tous chercher Rose si on avait besoin d'une compresse ou d'un comprimé contre l'allergie. Elle avait tout ce qu'il fallait. Rose savait aussi faire une piqûre, nettoyer une blessure ou faire un pansement. En fait, tout le monde finissait, un jour ou l'autre, par avoir besoin d'elle.

Un jour, Avril May et moi étions assises sur l'herbe avec Rose devant leur caravane. C'était une de ces rares journées de juillet où une brise chassait l'humidité et nous permettait de rester à l'extérieur. Même les odeurs de la décharge étaient emportées, loin de nous, tout là-bas jusqu'en Suède.

Ces jours-là, ma mère disait :

— Aujourd'hui, de la poussière faite de pollens du Kansas, de charbon de Pennsylvanie et de toiles d'araignées du Vermont est en train de coloniser les eaux de Scandinavie.

Rose était assise sur une chaise de jardin avec un grand verre en plastique fuchsia qu'elle tenait entre ses cuisses. Le verre était rempli de limonade. Elle mangeait des Doritos. Chaque fois qu'elle enfournait une chips dans sa bouche, elle léchait ensuite sur ses doigts la poudre orange et salée, aromatisée au piment et au cheddar. Avril May et moi étions assez près de Rose pour entendre le bruit que faisait la première bouchée au moment où elle brisait la chips triangulaire contre ses incisives. Elle ne nous en proposait pas. Quand elle avait terminé, elle mouillait son index de salive et le passait au fond du sachet de Doritos pour récupérer les derniers résidus de poudre, puis le suçait. Le bout de son doigt était toujours rouge vif.

À côté d'elle, par terre, se trouvait une canette de Pepsi.

Rose arborait un tatouage Hello Kitty sur sa cheville droite. Pour me montrer que sa mère était une véritable fan de Hello Kitty, Avril May m'avait un jour laissé regarder le chéquier de la Bank of America de sa mère, avec des Hello Kitty imprimés dessus, ainsi que sa carte Visa, sur le plastique de laquelle était aussi imprimée une image de Hello Kitty.

Ma mère était super gentille avec Rose. Elles n'étaient pas vraiment amies, mais elles travaillaient ensemble à l'hôpital et éprouvaient un certain respect, distant mais cordial, l'une pour l'autre.

— Rose est toute brumeuse. Elle est toute vaporeuse. Elle sent vraiment l'ammoniaque, disait ma mère. Comme si elle avait traversé un nuage de quelque chose.

— Pourquoi ?

— Quand elle était adolescente, ses parents louaient une maison qui avait servi de labo clandestin pour la production de méthamphétamine. Rose m'en a parlé une fois, a dit ma mère. À force de vivre dans cette maison, elle a commencé à avoir sans arrêt des nausées, elle se sentait mal, et ses parents aussi. Ils ont compris le jour où des drogués en manque ont sonné chez eux. Cette maison avait été un petit laboratoire de meth. Une explosion s'était produite au moment de la cuisson, et il y avait des résidus de meth partout, même dans les conduits de climatisation. Ces cristaux ont pénétré en elle.

Tout le monde, en Floride, savait ce qu'était un laboratoire de meth. Les flics en trouvaient sans arrêt. On en parlait tout le temps aux infos, et tout le monde avait une histoire à raconter à propos de quelqu'un qui en fabriquait.

En Floride, personne n'ignorait non plus que l'héroïne mexicaine était en train de détrôner le business de la meth.

À l'école, nous connaissions un garçon, Rusty, qui était grand et maigre et qui grinçait tout le temps des dents. Il avait été placé en famille d'accueil quand ses parents avaient été emprisonnés pour avoir fabriqué et distribué de la meth. Ce n'était vraiment pas de chance, parce que quelqu'un avait signalé un feu dans les bois derrière leur maison. Quand les pompiers étaient arrivés, ils avaient découvert un petit laboratoire en activité et 172 grammes d'huile de méthamphétamine.

J'ai raconté à ma mère que Rusty était venu à l'école pour nous faire ses adieux. Il nous a dit qu'il partait dans une famille d'accueil quelque part en dehors de Miami. Ça m'a rendue tellement triste. Je crois que tout le monde à l'école était triste.

— Oui, bien sûr, a dit ma mère. Tu étais bouleversée parce qu'avant même de l'oublier, avant même qu'il ne ferme la porte et qu'il s'en aille, tu savais que tu l'oublierais un jour.

De par son travail à l'hôpital pour vétérans, ma mère savait à quel point les gens sont vite oubliés. Elle se demandait si le pire destin était de mourir ou d'être oublié. Il y avait là-bas trop d'anciens soldats qui n'avaient jamais personne, famille ou amis, pour leur rendre visite.

Tout en mangeant ses Doritos, Rose nous parlait d'amour. Elle était inquiète parce qu'Avril May ne s'intéressait absolument pas aux garçons et ne se préoccupait pas d'être féminine. Avril May n'aimait pas Hello Kitty et détestait le rose. Elle avait une coupe courte qu'elle se faisait elle-même avec les ciseaux de la cuisine.

Ce matin-là, tandis que Rose suçait son doigt à Doritos orange vif et buvait du Pepsi, elle décida de nous instruire sur les choses de l'amour.

— Plutôt que de parler aux hommes, touchez-les tout simplement. Ne dites rien. Je n'aurais jamais pensé qu'un homme comme le sergent Bob pourrait m'aimer. Gardez l'œil ouvert, les filles, repérez un homme qui pige les choses, qui sait qu'une femme, c'est le paradis. Il faut qu'il mérite vos baisers et que vous soyez aux petits soins. Ne parlez pas trop. Pas de bêtises ni de bla-bla. Si vous voulez dire quelque chose, faites que votre mot soit une caresse, un pincement. Chaque fois que vous allez ouvrir la bouche, touchez-le plutôt. Ne lui dites pas bonjour le matin, effleurez-lui l'épaule. Ne lui demandez jamais s'il vous aime, sucez-lui les doigts à la place. Il faut lui faire de beaux souvenirs, d'accord ? J'ai pas raison ?

Et la vérité, c'est que Rose faisait exactement ce qu'elle disait. Elle n'adressait jamais la parole au sergent Bob. Au lieu de cela, on la voyait lui caresser le sommet du crâne, ou l'embrasser dans le cou. Parfois elle passait ses doigts sur ses tatouages, comme si elle les redessinait, ou comme si elle suivait une carte routière sur tout son corps. Sous ses caresses, le sergent Bob fermait les yeux ou bien il attrapait son portefeuille et lui donnait un billet de dix ou de vingt dollars.

— En fait, Boue d'Viande l'aime vraiment, me dit Avril May un jour que nous traînions au bord de la rivière. Mais même si ce sont mes parents et tout et tout, c'est assez dégoûtant.

Avril May donnait des surnoms à tout le monde. Son père était Boue d'Viande et sa mère Quatre-Quarts.

Une fois, le jour de la Saint-Valentin, le sergent Bob a offert à Rose un pistolet 9 mm.

— Quand un homme offre une arme à la femme qu'il aime, c'est qu'il lui fait vraiment confiance, disait le sergent Bob. Cette arme ne sera jamais une faiseuse de veuve. Certaines armes sont des faiseuses de veuves, mais ce pistolet est loyal. Et il est beaucoup plus utile qu'une boîte de bonbons. Quand je rentre à la maison, je préfère mille fois croiser le *coroner* en train d'évacuer le corps d'un type qui embêtait ma femme, qu'apprendre qu'elle m'a fait une tarte aux pommes. Oui, c'est la vérité. Si un homme offre à la femme qu'il aime une arme, c'est qu'il a vraiment confiance.

Le sergent Bob avait toutes sortes de noms pour les armes. Certaines étaient des faiseuses de veuves, d'autres des faiseuses d'orphelins, d'autres des faiseuses de paix. Si on en utilisait une pour voler une voiture, c'était une faiseuse de voitures et si un pistolet ratait sa cible, c'était un faiseur de pluie. Si elle servait à régler des comptes, l'arme s'appelait une faiseuse de loi.

Le pistolet était de couleur rose. Il a aussi offert à Rose un étui rose assorti pour qu'elle puisse le porter sous son bras, mais elle était trop grosse. Alors elle se contentait de porter le pistolet sur le devant de son chemisier, entre ses seins, si elle était juste dans le camp de caravanes ou, si elle sortait, elle le mettait dans son sac.

Rose a dit :

— C'est le plus beau cadeau qu'il pouvait me faire, parce qu'il veut que je sois en sécurité.

Au début, le sergent Bob ne voulait pas qu'elle ait un pistolet rose, parce qu'il disait que personne n'allait prendre cette couleur au sérieux s'il lui arrivait des ennuis. Mais

Rose avait remporté chaque débat en lui caressant simplement les cheveux ou le lobe de sa seule oreille.

— J'étais déjà en faveur des armes avant de rencontrer mon mari, disait Rose, alors il ne peut pas me dire ce que je dois faire en matière de pistolets. Quand j'étais enfant, dans ma famille, il y avait toujours des armes. Mon père chassait. Les armes, ça me rend libre. Ça, je le sais. De toute façon, le prochain pistolet sur ma liste est un Walther PPQ calibre 40. Voilà qui devrait lui faire plaisir.

Ma mère trouvait que Rose ne devrait pas porter son pistolet sur le devant de son chemisier.

— C'est comme mettre une bougie devant des rideaux ou faire sécher des vêtements sur une cuisinière, disait-elle. Tôt ou tard, quelque chose va prendre feu.

Rose disait :

— Une fois que tu as une arme, c'est comme si tu avais 38 de fièvre tout le temps. Je dois avouer, quand même, que je croyais qu'il m'offrirait plutôt une bague.

Ma mère disait que Rose était une femme bien.

— Elle n'a jamais rencontré d'étranger, disait ma mère. C'est une bonne infirmière. Même lorsque quelqu'un est sur le point de mourir, elle lui dit qu'il va vivre. Elle n'est pas du genre à faire cadeau à quelqu'un d'une mauvaise nouvelle.

Quand Rose parlait de ma mère, elle disait :

— Ta gentille petite maman a reçu un jeu de quarante-huit cartes. Dieu a compté de travers ou alors quelqu'un lui a volé les quatre cartes qui manquent juste sous son nez. Même si ta mère est née avec une cuillère en argent dans la bouche, c'est une fille bien. Ta maman est la preuve vivante qu'une personne riche peut être quelqu'un de bien. Elle ne se vante pas d'avoir porté de jolies petites chaussures étant petite fille, et elle ne la ramène pas avec des mots savants.

Tout le monde aimait ma mère. Je pense que c'est parce qu'elle pouvait regarder à l'intérieur des gens et voir là où ça faisait mal. Tout ce qui était à l'extérieur s'infiltrait dans son corps et s'y déposait. Comme si elle était une boîte ou un sac dans lequel tous pouvaient venir fouiller.

Rose disait également :

— Le problème avec ta mère, c'est qu'elle sent la douleur de tout le monde, et ça, c'est pas bon si tu travailles dans un hôpital. Elle a le mal de l'empathie. C'est une vraie maladie.

Ma mère était femme de ménage dans l'hôpital où Rose travaillait comme infirmière. C'était un des rares endroits où l'on pouvait trouver du travail dans notre région de Floride. Comme elle n'avait pas de diplômes, même pas le bac, elle ne pouvait travailler qu'au service de l'hygiène.

Ma ballerine de mère passait la serpillière sur les sols, faisait les lits, lavait des bassins et balayait les couloirs. Elle portait une blouse sur ses vêtements, des gants en caoutchouc, des surchaussures et une charlotte qui lui couvrait entièrement la tête et aplatissait ses cheveux blonds.

Ma mère et celle d'Avril May se plaignaient toutes les deux que les vétérans n'étaient pas bien traités, que les médecins ne venaient que rarement et que les patients devaient souvent attendre des mois pour recevoir un traitement. Même au service de l'hygiène, on manquait toujours de tout, de produits de base comme le papier toilette et les détergents.

— L'hôpital est un endroit entre la terre et le paradis, disait ma mère. Comment pourrais-je t'expliquer ? C'est là où un homme peut pleurer comme un bébé parce qu'il a perdu son bras. C'est un endroit où les hommes sont comme des poupées en papier qu'on peut déchirer. Ils savent qu'ils ne peuvent plus protéger personne. Et à quoi ça sert d'être un homme si tu ne peux plus protéger quiconque ?

Rose disait que le plus dur dans son travail, c'était les suicides.

— Ces anciens soldats parviennent à traverser la guerre, ils s'en sortent, et puis ils tombent sur une lame de rasoir ou bien une corde.

Une fois par an, pendant la Semaine nationale des infirmières, le pasteur Rex Wood, qui vivait lui aussi dans le camp de caravanes, se rendait à l'hôpital pour une cérémonie qu'il avait inventée, la Bénédiction des Mains. Il aimait beaucoup créer de nouvelles cérémonies religieuses. Il se considérait comme un innovateur spirituel.

Le Jour de la Bénédiction des Mains, les infirmières délaissaient leurs patients et leurs tâches pendant vingt minutes et se retrouvaient dehors sur le parking de l'hôpital. Elles se mettaient en rang et tendaient leurs mains, paumes ouvertes, pour recevoir la bénédiction. Le pasteur Rex s'approchait de chacune d'elles et aspergeait leurs mains d'un peu d'eau bénite tout en récitant une prière.

Il y avait toujours un ou deux junkies drogués à la méthamphétamine ou à l'héroïne qui traînaient sur le parking et qui regardaient la bénédiction. La plupart des gens pouvaient les différencier, parce que les consommateurs de meth avaient des plaies sur le visage et des sourires particuliers, des sourires sans dents ou avec des dents qui n'avaient rien à faire dans la bouche de quelqu'un. Les héroïnomanes, eux, traînaient autour de l'hôpital en espérant qu'une infirmière leur refile une seringue ou une boîte de laxatifs. Les jours où le soleil brillait très chaud, les héroïnomanes s'endormaient toujours contre une voiture, ou même dessous, pour avoir un peu d'ombre.

On savait tous que ce jour-là était le seul jour de l'année où chaque infirmière allait se faire faire les ongles à l'institut de beauté local. Mais pendant que ma mère observait la cérémonie de la Bénédiction, ses mains à elle tenaient fermement le balai et la serpillière. Les autres femmes de ménage gardaient leurs mains dans leurs poches. Les mains de l'équipe de ménage n'étaient jamais bénies, parce qu'il ne venait à l'esprit de personne que leurs mains puissent le mériter.

Le pasteur Rex aimait imprimer ses sermons et bénédictions pour les distribuer à l'église. Le dimanche suivant la Semaine nationale des infirmières, il en distribuait un qu'il lisait aussi depuis la chaire :

— Seigneur, bénis ces mains qui soignent et qui peinent. Bénis ces mains qui aident l'autre à marcher. Guide ces mains qui font des piqûres et qui tendent des verres d'eau. Guide ces mains qui lavent les corps. Guide ces mains qui sont bien plus que des mains et qui portent la souffrance du monde. Amen.

— On ne sait jamais où se cache le diable, disait ma mère. Les menteurs se font toujours passer pour des prêtres ou des poètes. Les menteurs se cachent dans les endroits les plus purs.

Après l'école, Avril May et moi aimions nous promener jusqu'à la rivière car il y avait un ponton où nous pouvions nous asseoir et regarder l'eau.

On s'asseyait.

— Et si on parlait de tout et de rien ? aimait dire Avril May.

Nous observions les libellules traverser d'un petit mouvement brusque la surface de l'eau et gardions toujours les yeux ouverts au cas où quelque chose bougerait dans la rivière qui trahirait le mouvement lent d'un alligator. En Floride, tout le monde savait qu'il ne faut pas s'asseoir sur le bord d'un ponton, les pieds dans l'eau. Mais Avril May aimait me mettre au défi de le faire et j'acceptais chaque fois. Quand à mon tour je la défiais, elle refusait toujours. Nous savions toutes les deux que j'étais la plus courageuse.

Parfois, Avril May se plaignait de sa mère et de son père et disait :

— Quatre-Quarts me rend dingue et Boue d'Viande aussi me rend folle. Ils me rendent folle tous les deux. Comment ai-je fait pour avoir des parents pareils ? Comment ?

Je me contentais de hausser les épaules.

— Dis donc, et toi ? Est-ce que Margot te rend folle, elle aussi ?

J'étais obligée de répondre que non.

— Non ?

— Non.

— Dis donc, disait Avril May, on m'a dit que ta mère a eu droit à un peu de gaz de la cuisinière. Je suis sûre que ça a dû lui faire quelque chose. C'est pour ça, sans doute, qu'elle est aussi rêveuse.

— Qu'est-ce que tu veux dire ?

— Mais si, j'en ai entendu parler. Quand elle était petite, on lui faisait respirer du gaz de la cuisinière pour l'endormir. Son papa la tenait au-dessus du brûleur et il tournait le bouton du gaz.

Je le savais, bien sûr. Ma mère m'en avait parlé. Son père avait l'habitude de dire : Si une petite fille ne veut pas dormir, un petit coup de gaz, c'est toujours mieux qu'un verre de lait.

— Je suis sûre qu'elle te rend dingue, quelquefois, conti-nuait Avril May. Allez. Allez, avoue-le. Tous les parents rendent leurs enfants dingues.

— Non, disais-je, jamais.

Ma mère savait exactement quoi me dire pour me don-ner de la douceur et me faire sourire.

Un jour, elle avait dit :

— Pearl, tu sais quelle est la plus belle question au monde ? La plus belle question de toutes ?

— Non, dis-moi.

Son ancienne vie et sa vie d'aujourd'hui étaient toujours mélangées dans un même bol, comme la farine et le sucre. La réponse était :

— Est-ce que tu vas au bal ?

7

La rivière, c'était aussi l'endroit où Avril May et moi allions pour fumer des cigarettes, ce que nous faisions depuis que j'avais dix ans et elle douze.

J'étais une experte dans l'art d'en voler. Dans le cadre de notre amitié, c'était mon boulot, en plus de lui faire ses devoirs. Tout le reste était son travail. C'était elle qui décidait ce que nous devions faire et même comment nous allions nous habiller, ce qui signifiait n'importe quelle couleur sauf le rose. Tout vêtement qui arborait un Hello Kitty ou un personnage de dessin animé était interdit. Elle détestait les princesses de Disney.

Mon travail à moi étant de dénicher des cigarettes, je devais me glisser furtivement dans le camp, à la recherche de fumeurs. Il n'y avait pas beaucoup de possibilités puisque seules quatre caravanes étaient occupées.

Heureusement, tout le monde fumait, excepté les parents d'Avril May et ma mère.

J'étais toujours en train de rôder, cherchant à soustraire quelques cigarettes de paquets qui se trouvaient par-ci, par-là. Parfois, si je m'en sentais le courage, je volais des paquets entiers. Souvent, je devais me contenter de piquer une cigarette à demi fumée dans un cendrier. Même lorsque je revenais de l'école, je sauvais des cigarettes tombées par terre, piétinées ou jetées par la fenêtre d'une voiture.

La maison du camp où j'étais sûre de toujours trouver des cigarettes était celle de Mme Roberta Young. Tout le monde l'appelait par son nom complet. Elle vivait dans sa caravane avec Noelle, sa fille de trente ans, deux minuscules chihuahuas et un perroquet en cage. La nuit, elles mettaient le perroquet à l'intérieur. Mais, pendant la journée, la cage était posée sur une chaise en plastique à l'ombre d'un petit palmier.

Noelle n'était jamais allée à l'école, mais c'était un génie de l'électricité. Nous savions tous que si nous avions une lampe qui ne marchait pas ou une prise électrique qui faisait des étincelles, la personne à qui s'adresser était Noelle.

— C'est comme si elle était née d'un éclair, disait sa mère. Elle peut réparer n'importe quoi. Elle peut ressusciter une batterie de voiture morte juste en remuant les fils.

Noelle possédait une gigantesque collection de poupées Barbie. Elle s'était inventé un monde imaginaire avec elles et c'était le seul qui l'intéressait. Son peuple de Barbie occupait la moitié de sa caravane. Les poupées étaient posées çà et là, debout, couchées ou assises dans toutes sortes de poses. Elles avaient toutes des noms et des montagnes de vêtements. Noelle tenait une comptabilité de tout et m'avait dit une fois qu'elle avait soixante-trois Barbie. C'était la seule chose qu'elle désirait pour Noël ou son anniversaire.

Avril May n'aimait pas Noelle et ne traînait jamais avec elle. Si elle la voyait venir, elle courait dans la direction opposée.

Avril May croyait qu'en touchant Noelle elle pourrait recevoir une décharge électrique. Elle lui avait trouvé un surnom : Miss Volt.

Noelle avait des cheveux noirs qu'elle portait en une tresse et des yeux marron foncé. Elle marchait avec le dos très droit, comme si elle avait une planche fixée à la taille. Elle ne se déplaçait jamais très vite, et sur la pointe des pieds.

— Devine qui d'autre marche sur la pointe des pieds ? disait Avril May.

— Qui ?

— Une poupée Barbie, bien sûr !

Noelle me donnait souvent des cours de maths. C'était davantage des cours d'observation, car je la regardais résoudre le problème encore et encore, jusqu'à ce que je le comprenne. Elle était incapable d'expliquer avec des mots ce que faisait son cerveau.

Il m'a fallu du temps pour comprendre que Noelle, qui aimait les *fortune cookies* et qui conservait les petits papiers dans un sac en plastique, avait mémorisé leurs phrases comme si c'étaient des poèmes.

— Un inconnu est un ami à qui vous n'avez pas encore parlé, disait-elle. On ne peut pas aider tout le monde, mais chacun peut aider quelqu'un, disait-elle encore. La prochaine pleine lune vous apportera une soirée de rêve.

— Est-ce que Noelle est très triste ? ai-je demandé à ma mère.

— Oui, elle est le pire genre de triste qui soit. Et elle ne le sait même pas. C'est une errante, une perdue.

Ma mère donnait le nom d'errant à toute chose ou personne qui semblait solitaire, ou qui se retrouvait au mauvais endroit. Il y avait des personnes errantes, des chiens errants, des balles de fusil errantes et des papillons errants.

Chaque fois que je me rendais dans la caravane de Noelle pour un cours de maths, Mme Roberta Young m'offrait quelque chose à manger. Elle aimait bien me donner une assiette de fraises en me disant :

— Les fraises ont chacune deux cents graines et elles sont le seul fruit dont les graines poussent à l'extérieur.

Ou alors elle disait des choses comme :

— N'oublie pas de regarder les nouvelles photos envoyées par le télescope Hubble.

Elle affirmait toujours :

— Le réchauffement climatique est aussi vrai que le ciel est bleu.

Je savais que Mme Roberta Young était la personne la plus intelligente que j'avais jamais rencontrée. Elle était allée à l'Université de Floride et avait étudié la biologie. C'était une professeure de sciences au lycée à la retraite, qui vivait des aides sociales. Ma mère m'avait dit qu'elle avait tout perdu, y compris sa maison. Son mari était mort des suites d'une longue maladie et les frais médicaux l'avaient laissée presque indigente.

Mme Roberta Young affirmait que la décharge avait des effets néfastes sur le secteur et que nous étions en train d'être lentement contaminés. Elle avait écrit des pétitions et les avait envoyées aux instances locales et fédérales. Mais personne n'était jamais venu pour inspecter la décharge ou vérifier notre eau.

Un jour, elle avait trouvé un scinque mort avec douze pattes, ce qui le faisait ressembler à un mille-pattes. Elle avait gardé ce lézard dans son réfrigérateur pendant des semaines, à côté du carton de lait et de la boîte d'œufs, réfléchissant à comment elle pourrait le faire parvenir à un scientifique ou à un spécialiste de l'environnement. Au fur et à mesure que les jours passaient, la créature a rétréci et s'est ratatinée. Mme Roberta Young a finalement jeté le lézard quand il s'est retrouvé recouvert d'une fine couche de moisissure, comme un morceau de pain.

Une fois, elle m'avait expliqué que l'ombrophobie est la peur de la pluie.

— Vraiment? Vraiment? Vous connaissez quelqu'un qui a ça?

— Oh oui, bien sûr.

— Qui?

— Noelle.

— Noelle?

— Oui, évidemment. Je connais ce trouble parce qu'elle en est atteinte. Noelle ne sortira jamais sous la pluie. Jamais.

— Qu'est-ce que ça lui fait?

— Elle pense qu'elle pourrait être électrocutée.

— Bien sûr, elle pense qu'elle sera comme un sèche-cheveux qui tombe dans une baignoire, avait dit ma mère.

Mme Roberta Young m'avait aussi parlé du pari de Pascal.

— Il s'agit de parier sur ta vie que Dieu existe ou non.

— C'est comme un défi? avais-je demandé.

— Non, pas exactement, avait-elle dit.

Mme Roberta Young et Noelle fumaient toutes les deux des Salem Menthol, mes préférées. Ni la mère ni la fille ne se donnaient la peine de sortir pour fumer, et leur petite caravane sentait le tabac et les fruits pourris de la cage du perroquet, ainsi que la nourriture pour chien dans les gamelles posées par terre dans l'étroit couloir de la roulotte.

— Il n'y a pas de fumée sans feu, disait Noelle en recrachant la fumée par le nez et la bouche.

Chaque fois que j'arrivais à voler une Salem dans un paquet, c'était la fête. Parce qu'après avoir fumé la cigarette mentholée aussi loin que possible, je l'éteignais sans l'écraser et je suçais le filtre, et c'était presque comme sucer un bonbon à la menthe.

Le pasteur Rex aussi était un fumeur.

Comme ma mère, Mme Roberta Young n'aimait ni le pasteur Rex ni les églises. Elle disait :

— Nous habitons près d'une ville qui n'a que quelques centaines d'habitants, mais qui a cinq églises. Voilà où en est l'Amérique. Un jour, il y aura plus d'églises que d'écoles.

Le pasteur Rex venait du Texas. C'était un petit homme de quarante ans. Il se rasait la tête et portait des lunettes rondes à monture métallique.

Le pasteur Rex semblait seul au monde. Personne ne lui rendait jamais visite. Il disait qu'il avait été marié mais qu'il n'avait pas d'enfants.

En raison de l'abondance d'églises dans notre coin, le pasteur Rex était très fier des programmes qu'il avait inventés pour attirer davantage de paroissiens dans la nôtre. Il était particulièrement satisfait du programme qu'il appelait la Prière en Drive.

Chaque dernier dimanche du mois, le pasteur Rex demandait à des bénévoles de brandir des pancartes le long de l'autoroute qui mène à notre ville pour inviter les gens à se garer sur le parking de l'église et venir prier.

— Les gens peuvent juste s'arrêter et, tout en restant dans leurs voitures ou leurs camions, prier sans aucun engagement de leur part, disait le pasteur Rex. La Prière en Drive rend la prière facile. On n'a même pas besoin de couper le moteur ou d'éteindre la radio.

Ça faisait sourire Avril May.

— Puisque vous vivez dans une voiture, toi et Margot, vous faites la Prière en Drive toute la journée et toute la nuit, disait-elle. Il est idiot.

Le pasteur Rex avait aussi imaginé le programme de Prières Demi-Tour.

— La Prière Demi-Tour, expliquait-il, ça veut dire que si vous vous retrouvez sur l'autoroute de la vie dans le mauvais sens, vous n'avez qu'à faire demi-tour et revenir à la belle vie que vous aviez avant ou à celle que vous auriez dû avoir. Si vous êtes un drogué, faites demi-tour, aimait-il dire. Si vous battez votre femme, faites demi-tour. Si vous avez oublié Jésus Christ, faites simplement demi-tour.

— Il oublie de dire qu'il faut mettre le clignotant pour tourner, sinon on se prend une amende. C'est un crétin d'idiot, disait Avril May.

Mme Roberta Young m'avait conseillé d'avoir le pasteur Rex à l'œil.

— Fais attention. Je n'aime pas cet homme. Tu sais que c'est lui qui a tiré sur ces bébés alligators ? avait-elle dit.

— C'est le pasteur Rex lui-même qui vous l'a dit ?

— Oh oui.

— Mais pourquoi ?

— Il en est très fier. Il a dit que nous n'avions pas besoin de journalistes et de gens qui traînent ici et qui fouillent dans nos vies. Mais ce n'est pas cela qui est important. Je te préviens, garde un œil sur ce qui se passe ici.

Mme Roberta Young ne voulait pas que ma mère finisse avec le pasteur Rex. Elle me disait qu'elle la respectait parce qu'elle était la seule personne ici à avoir de bonnes maniè-res et de l'éducation.

— Ta mère vient du raffinement, disait-elle. Même si elle t'a eue toute seule, elle connaît encore le vrai sens du mot « s'il vous plaît », qui veut dire « si cela vous plaît ». Ta mère sait qu'on regrette toujours le petit mot qu'on n'a pas dit pour le restant de ses jours. Elle est le genre de personne qui sait qu'elle devrait porter des gants blancs pour aller à l'église, même si elle ne le fait pas.

Je savais que Mme Roberta Young parlait du fait que ma mère m'avait eue sans mari, sans être mariée, alors qu'elle était encore au lycée, et qu'ensuite elle s'était enfuie de chez elle.

Ma mère ne m'avait jamais dit qui était mon père et, à la vérité, je ne lui avais jamais posé la question. Tout ce que je savais, c'est qu'il était professeur, qu'il avait une famille et qu'il serait allé en prison si jamais quelqu'un avait appris qu'il avait séduit et aimé une élève.

Ma mère ne voulait pas de lui dans notre vie, ni même dans nos pensées.

Elle ne voulait pas que son nom soit prononcé dans l'air que nous respirions.

Elle ne voulait pas qu'il ouvre la porte, qu'il s'introduise dans mes rêves nocturnes, qu'il s'asseye sur une chaise et se mette à parler.

Elle ne voulait pas qu'il remue notre vie comme avec une cuillère, parce qu'elle l'aimait, je le savais. Chaque fois qu'elle me regardait, elle voyait son visage.

Après que Mme Roberta Young m'avait dit que le pasteur Rex faisait la cour à ma mère, je me suis mise à l'observer de près et, oui, bien sûr, Mme Roberta Young avait raison. Il était toujours en train de contempler ma mère comme si elle était un miroir dans lequel il pouvait se regarder. Je voyais bien qu'il aurait eu envie de l'embrasser au cinéma dès le samedi soir suivant.

Un soir sur deux, le pasteur Rex venait jusqu'à la Mercury et frappait à la vitre côté conducteur. Je ne me souviens plus combien de fois j'ai été obligée de lui dire de frapper à l'arrière.

Je descendais ma vitre et je disais :

— Pasteur Rex, c'est ma chambre, ici ! Frappez à la vitre du siège arrière. S'il vous plaît.

— Oh, vraiment désolé, disait-il à chaque fois. Est-ce que ta mère est là ?

— Je ne sais pas.

— Ah bon ?

— Oui. Cette voiture est si grande que je ne sais pas si elle est là.

De temps en temps, il lui laissait un bouquet de fleurs sur le pare-brise. Quand vous habitez dans une voiture, vous n'avez pas la moindre surface où poser un vase. Ma mère coupait les tiges très court et arrangeait les fleurs dans une boîte en métal qui avait contenu le lait en poudre et elle la remplissait d'eau. Ensuite, elle posait le vase dehors, sur le toit de la voiture, comme si c'était une cheminée.

Ma mère était toujours gentille avec le pasteur Rex parce qu'elle était gentille avec tout le monde.

Elle disait :

— Ma parole, Dieu s'amuse vraiment à boxer avec cet homme, à le malmener. Le pasteur Rex pense que l'église c'est comme faire un demi-tour ou s'acheter un costume neuf. Mais je vois bien que ce qui lui plaît vraiment, c'est compter l'argent qu'il a récolté le dimanche.

La gentillesse de ma mère entretenait en lui de faux espoirs.

Le pasteur Rex fumait en secret. Alors même qu'il vivait seul, il fumait dans la salle de bains et recrachait la fumée par la fenêtre. À mon avis, c'est parce qu'il ne voulait pas se surprendre lui-même en train de fumer.

Du coup, il fallait que je m'introduise dans sa salle de bains pour pouvoir lui voler des cigarettes, qu'il posait sur l'appui de fenêtre. Souvent, il y avait une paire de chaussettes qui séchaient dans sa douche et une petite pile d'exemplaires du *Reader's Digest* par terre, près des toilettes. Sur le bord du lavabo se trouvait une brosse à dents avec un manche en forme de Jésus sur la croix.

C'était facile de voler des cigarettes au pasteur Rex parce que je savais quand il était à l'église. Je profitais aussi de ses visites à ma mère. Il grattait à sa vitre, elle la descendait, et je bondissais hors de la voiture. Je traversais le camp, passais devant le vieux portique à balançoires, les toilettes publiques et je courais jusqu'à sa caravane.

Quand je lui ai parlé de la brosse à dents, Avril May ne m'a pas crue. Elle m'a mise au défi de la voler et de la lui rapporter. Alors bien sûr je l'ai fait, parce que je n'attendais que ça, le danger, je le pratiquais comme si c'était un sport.

Un après-midi, alors que je savais que le pasteur Rex était occupé à son programme de Prière en Drive, j'ai dit à Avril May de me retrouver à la rivière, sur le ponton. Ensuite je me suis rendue dans sa caravane, j'ai mis la brosse à dents

74

Jésus sur la croix dans la poche avant de mon jean et je me suis faufilée jusqu'à la rivière où Avril May m'attendait.

— Je ne veux pas la toucher, a-t-elle dit quand je la lui ai tendue.

— Je t'avais dit qu'elle existait pour de vrai.

Quand je lui ai expliqué que j'avais l'intention de remettre la brosse à dents du pasteur Rex dans sa salle de bains, Avril May me l'a arrachée des mains.

— Ah, non, pas question, dit-elle. Tu ne vas pas la rapporter.

— Mais il verra qu'elle a disparu. Il saura que quelqu'un est venu.

— Non, tu ne vas pas rendre quelque chose que tu as volé, dit-elle. Ce serait vraiment idiot. Imagine, tu ne te fais pas prendre au moment où tu voles quelque chose, mais tu te fais prendre en le remettant à sa place !

Puis elle a levé le bras très haut et lancé la brosse à dents Jésus dans la rivière.

À partir de ce jour, chaque fois que je regardais la rivière, en plus de savoir qu'il y avait des poissons et des alligators dans l'eau jaune, en plus de savoir qu'il y avait des lézards à douze pattes et des grenouilles aux yeux blancs, je savais qu'il y avait aussi une brosse à dents Jésus tombée au fond.

Les autres personnes qui fumaient dans le camp étaient un couple de Mexicains, Ray et Corazón, qui ne faisaient rien de ce que les autres aimaient faire. Ils n'allaient jamais aux parties de pêche, aux réunions de prières ni aux jeux de bingo. Ils n'avaient rien à voir non plus avec l'hôpital pour vétérans, qui représentait une grande partie de notre vie. Ils parlaient surtout espagnol, mais leur anglais n'était pas mauvais. L'anglais de Corazón était même, en fait, très bon.

Corazón et Ray fumaient tous deux des Marlboro rouges, et rien d'autre. Ces cigarettes étaient pour eux comme un drapeau, comme une nation de cigarettes à laquelle ils auraient prêté allégeance. Il y avait des paquets absolument partout chez eux, parce qu'ils les rapportaient du Mexique où les cigarettes sont bon marché.

Il n'y avait que les samedis matin que j'arrivais à me glisser dans la caravane des Mexicains. Ces jours-là, je les guettais depuis l'aire de jeux du camp. Je me balançais doucement sur la balançoire fendue et je surveillais Ray qui partait prendre son travail de jardinier. Ensuite, il fallait que j'attende de voir Corazón quitter sa maison pour faire des courses.

Corazón était toujours très soignée. On ne la voyait jamais dehors en chemise de nuit, en T-shirt ou en sous-vêtements, comme tout le monde. Elle ne quittait jamais sa caravane sans s'être maquillée, ses cheveux noirs parfaitement lissés au brushing, qui lui tombaient tout raides dans le dos. Sa peau était d'un brun profond et elle avait des yeux noirs. Elle portait toujours un rouge à lèvres carmin.

Ray avait les cheveux châtain clair et les yeux noisette. Il aurait pu être de n'importe où.

— Corazón est une Indienne du Mexique, me dit ma mère avec un certain respect. Elle connaît beaucoup de choses, des choses dont on n'a même pas idée.

À l'extérieur de la caravane de Ray et Corazón, fichés dans l'herbe boueuse, se trouvaient cinq flamants roses et un Gremlin en plastique. Il y avait une piscine gonflable à deux anneaux en forme de tortue qui était percée et qui gisait sous un arbre, remplie de boue et de feuilles pourries. Ces objets avaient dû être abandonnés là par l'occupant précédent, puisque Ray et Corazón n'avaient pas d'enfants.

Ray avait construit un grand appentis d'un côté de la caravane qui contenait des piles de journaux. Il avait aussi une vieille voiture rouillée bonne pour la casse et sans plus de sièges qu'il utilisait pour entreposer des journaux et du carton.

Mme Roberta Young pensait que Ray, en plus d'être jardinier, travaillait aussi dans le recyclage de papiers parce qu'il avait négocié l'achat de vieux journaux directement auprès des camions de transport de déchets. Comme ça, il n'avait pas besoin de passer au crible les tas d'ordures de la décharge pour trouver du papier, même si parfois il le faisait quand même.

Dans le camp, Ray et Corazón possédaient le plus grand mobile home, un « triple large ». Du coup, à l'intérieur, il y avait même la place pour un grand téléviseur à écran plat qui recouvrait l'une des fenêtres. C'est pourquoi il faisait toujours sombre chez eux.

Ma mère et moi, nous nous pelotonnions sur le siège arrière de la Mercury, et nous regardions des films, des émissions et les informations sur un téléphone bon marché qu'un soldat de l'hôpital avait donné à ma mère. Tout ce que nous regardions, que ce soit l'Everest ou la lune, avait la taille de sa main.

Chez les Mexicains il y avait des paquets de barres chocolatées Snickers ou Milky Way sur le plan de travail de la cuisine, ainsi que de grands sachets de chips Lays parfum barbecue qui traînaient çà et là. Si Avril May me le demandait, je volais aussi quelques sucreries.

Balles perdues

À l'extérieur de la caravane, près de la porte, Corazón gardait un seau en plastique rouge rempli de flacons de vernis à ongles dont elle faisait la collection.

De l'autre côté de la porte, il y avait une grande azalée en pot. Des dizaines de cigarettes éteintes dépassaient de la terre de telle sorte que les filtres jaunes ressemblaient à des mauvaises herbes qui auraient poussé sous les fleurs. À l'idée de ne pas pouvoir récupérer ces mégots souvent à moitié fumés, à cause de la terre qui les avait détrempés et gorgés d'eau, j'en étais malade.

Avril May et moi nous rendions toujours au ponton pour fumer nos cigarettes. Elle était convaincue que les alligators avaient peur de la fumée et ne s'approcheraient pas de nous.

— Tu ne trouveras aucun animal, insecte ou être vivant, qui aime le feu, disait-elle.

Chaque après-midi, la première chose que me demandait Avril May, c'était combien de cigarettes j'avais réussi à piquer. Ensuite on décidait comment les répartir entre nous. Si on n'en avait qu'une, on la partageait en se la passant et en comptant chaque bouffée. Si j'avais réussi à voler un paquet entier, on fumait toutes les cigarettes.

Lors de ces après-midi tranquilles sur le ponton, on allumait nos cigarettes, on s'allongeait sur le dos et on soufflait la fumée vers le ciel.

Avril May était un peu jalouse parce que j'arrivais à faire des ronds de fumée.

— C'est facile. Tu fais juste un grand O avec ta bouche, disais-je.

Elle n'y arrivait jamais.

Je contemplais les cercles de fumée du tabac qui quittaient ma bouche et qui s'élevaient au-dessus de moi. Au début ils étaient minuscules, mais en montant, les auréoles vaporeuses se dilataient et prenaient de l'ampleur au-dessus de nous, lévitant vers les nuages. Je savais que mes ronds de fumée seraient poussés vers l'océan, sous les nuées, et qu'ils deviendraient de vastes cerceaux flottant au-dessus de l'Italie.

Une des raisons pour laquelle Avril May et moi nous n'avions pas peur d'être au bord de la rivière, c'était que les alligators étaient éliminés chaque semaine. Le dimanche, après la messe de dix heures, le père d'Avril May et plusieurs autres hommes qui habitaient en ville aimaient s'y rendre avec une glacière remplie de canettes de bière, leurs pistolets et leurs fusils de chasse. Ils buvaient de la bière et tiraient dans l'eau, encore et encore, au cas où il y aurait des alligators.

Je savais qu'il y avait des milliers de balles dans le lit de la rivière. Certaines s'étaient même échouées sur la rive, mélangées au gravier.

Plusieurs fois par an, un liquide rouge et huileux sourdait dans l'eau et venait se déposer à la surface. Alors les hommes savaient qu'ils avaient touché quelque chose.

Chaque dimanche, tandis que ma mère et moi nous nous faisions des sandwichs au beurre de cacahuète et à la gelée de myrtilles pour le déjeuner à l'arrière de la voiture, nous savions que les hommes tiraient.

Depuis la Mercury, on entendait le bruit des armes qui ouvraient le feu sur l'eau.

— Les voilà qui recommencent, disait ma mère. Ils assassinent la rivière.

8

Tout le monde dans le camp vendait ou promettait quelque chose, ou bien rêvait de quelque chose. Personne ne croyait en rien. Il ne fallait pas longtemps pour s'en rendre compte.

Le pasteur Rex distribuait ses prières à tout-va et promettait d'acheter un piano pour l'église. Il achetait aussi des armes. Cette nouvelle entreprise rendait le vol de ses cigarettes plus difficile, car il y avait davantage de gens qui entraient et sortaient du camp.

— Je débarrasse la rue des armes, disait-il. J'aide à stopper la violence en Amérique. S'il vous plaît, apportez-moi vos armes, même vos vieux pistolets qui ont vécu.

Dans le coin, les gens ont vite compris qu'ils pouvaient vendre leurs armes au pasteur Rex s'ils avaient besoin d'argent. Le pasteur a même mis une petite annonce dans le journal local qui disait : *Donnez vos armes à Dieu*.

À cause de tout ça, tout le monde dans le camp s'est habitué à voir des hommes passer tranquillement la grille d'entrée un fusil de chasse sur l'épaule ou un pistolet dans la poche. Je me rappelle avoir aperçu un type qui portait une grande valise marron qui devait être remplie de pistolets.

Lorsque je me déplaçais dans le camp, il y avait souvent un, deux ou trois hommes assis sur les marches métalliques qui menaient à la caravane du pasteur Rex, attendant de faire affaire avec lui. De temps en temps, si l'un d'eux fumait, je lui demandais si je pouvais le taper d'une cigarette pour ma mère. Il y avait une chance sur deux que le type m'en donne une de son paquet.

Une fois, un vieux monsieur ne m'a pas crue et m'a dit :

— Tu es déjà un tout petit diablotin, alors si tu continues à fumer, tu ne grandiras jamais d'un centimètre, petite idiote.

Lorsque je me plaignais de ma taille, ma mère aimait me raconter des histoires de Poucette.

— Poucette dormait dans une boîte d'allumettes, se reposait sur une feuille d'œillet et se servait d'une coquille de noix comme bateau. Penses-y, disait-elle.

Même si j'aimais les histoires de Poucette, je savais que ce vieil homme m'avait jeté direct un vrai sort de sorcière. Après m'avoir dit que j'étais idiote, il m'avait tendu deux cigarettes et avait dit :

— Allez, ma jolie, vas-y, mets le feu à ta petite personne.

Depuis ce jour, je sais que c'est de sa faute si je suis restée si petite.

L'achat d'armes constituait un des autres programmes du pasteur Rex, comme la Prière Demi-Tour et la Prière en Drive. L'initiative « Donnez vos armes à Dieu » n'était censée durer qu'un mois, c'est ce qu'il avait promis au début, mais elle avait tellement de succès qu'il décida de ne pas l'interrompre. Pour le moment, annonça-t-il un matin à l'église, il continuerait jusqu'à ce que Dieu lui demande de ne plus le faire.

Mme Roberta Young se plaignait, disant qu'elle n'aimait pas voir des types entrer régulièrement dans le camp de caravanes, et elle voulait lancer une pétition. Mais personne n'avait envie d'avoir de problèmes avec le pasteur Rex.

Si je me rendais aux activités de l'église, c'était presque toujours avec Avril May, puisque ma mère avait été élevée dans la foi catholique et regardait de haut toute autre religion. Elle pensait que l'Église catholique était un territoire en soi. Cela venait du fait qu'on y prononçait toujours les mêmes mots, mais aussi du parfum de l'encens et des bougies. N'importe où dans le monde, une église catholique sentait toujours la même chose.

— Je ne crois pas en leur foi ni en leur culte, disait ma mère. Et souviens-toi que si tu y vas, c'est uniquement pour être polie, parce qu'Avril May t'invite, et non pas parce que tu apprécies la façon dont ils aiment Jésus.

Il fallait bien tout de même que ma mère se rende parfois à l'église du pasteur Rex, car il y avait tant d'événements de la communauté qui s'y déroulaient. Il y organisait des parties de bingo, des vide-greniers, des groupes d'études bibliques, des cérémonies de Respect aux Soldats à l'intention des vétérans de guerre et des soirées de Danse avec l'Esprit.

Ray et Corazón étaient les seuls autres catholiques du coin. Ma mère les appelait les catholiques mexicains, parce qu'ils vénéraient la Vierge de Guadalupe.

Comme le pasteur Rex était sans cesse en train d'aider quelqu'un, nous n'avons pas été étonnés lorsqu'il a loué une des deux chambres de sa caravane à un homme venant du Texas. C'est le pasteur qui en a parlé à Rose, puis Avril May m'en a parlé, et je l'ai raconté à ma mère. C'était généralement comme cela que l'information circulait dans le camp. À la vérité, Rose savait de toute façon toujours ce qui se passait, parce qu'il y avait toujours quelqu'un pour avoir mal à la tête ou au dos. Elle avait un énorme flacon de comprimés de paracétamol et elle en distribuait à tout le monde comme si c'étaient des Dragibus.

Tandis que Rose déposait six cachets de Tylenol dans la paume de sa main, le pasteur Rex lui a parlé d'un ami qui traversait une mauvaise passe et qu'il hébergeait. Ils s'étaient connus chez eux, au Texas, dans une église. Le pasteur Rex a expliqué que le type allait rester chez lui quelques mois et chercher du travail.

— C'est un homme qui a connu la chute, a dit le pasteur Rex. Un jour on prend le mauvais tournant, et on est à deux doigts de se retrouver à la rue. Il n'y a pas grand-chose d'autre à savoir. Chacun de nous peut tout perdre d'une minute à l'autre.

La première fois que nous avons tous aperçu le Texan qui habitait chez le pasteur Rex, c'était à l'église, au service habituel du dimanche.

Mais moi, je l'avais déjà vu.

Chaque mercredi, en fin d'après-midi, le pasteur Rex se rendait à l'hôpital pour vétérans afin de pourvoir aux besoins des malades. C'était le moment parfait, après l'école, pour aller voir dans sa caravane si je trouvais des cigarettes à voler.

C'était un jour très chaud et très humide. L'air était comme un nuage qui serait descendu sur notre camp de caravanes pour le noyer littéralement d'humidité. Avec ce genre de chaleur insupportable, j'étais sûre qu'à peu près tous étaient dans leurs roulottes, assis devant un ventilateur, un grand verre d'une boisson fraîche à la main.

Ce mercredi après-midi-là, j'avais si chaud et si sommeil que je n'arrivais même pas à bouger les doigts et à serrer le poing. J'étais allongée à l'arrière de la Mercury, en T-shirt et sous-vêtements, essayant de rester au frais, incapable de seulement penser à mes devoirs.

Mme Roberta Young disait que ces jours-là, elle voulait bien croire que la Terre se rapprochait du Soleil.

— C'est un changement du mouvement orbital de la Terre, disait-elle.

— La terre est toujours à l'esprit de l'oiseau qui vole, répondait Noelle avec ses mots sortis tout droit des *fortune cookies* chinois.

Soudain, j'ai décidé que c'était le moment de bondir, de sortir en vitesse pour une mission cigarette jusqu'à la caravane du pasteur Rex. Je n'ai même pas pris la peine de m'habiller ou de mettre des chaussures.

À l'extérieur de la voiture, l'air était frais sur ma peau. L'herbe humide sous mes pieds nus était chaude. Je suis passée en sautillant devant le toboggan, la balançoire et les toilettes publiques.

À ce moment-là une fine bruine s'est mise à tomber, tellement l'air saturé ne pouvait plus retenir l'eau. Alors j'ai accéléré le pas et j'ai traversé en courant une petite clairière. Puis j'ai ralenti et décrit un cercle pour éviter la caravane des Mexicains, entourée de son mobilier de jardin cassé et des flamants roses en plastique, au cas où Corazón serait dehors. Il n'y avait personne. Seules des dizaines de piles de journaux attachés avec de la ficelle près de la roulotte prenaient la pluie.

Avant de monter les trois marches et d'ouvrir la porte de la caravane du pasteur, j'ai jeté un œil autour pour m'assurer que personne ne rôdait dans les parages. Puis, d'un mouvement rapide, j'ai ouvert, je me suis glissée à l'intérieur et j'ai claqué la porte en métal derrière moi.

Mon front et mes joues dégoulinaient d'eau de pluie. Mon T-shirt et ma culotte étaient collés à ma peau comme si le tissu faisait partie intégrante de mon corps. J'ai secoué la tête pour égoutter mes cheveux.

À ce moment-là, je ne pensais pas à voler les cigarettes, j'essayais de réfléchir à comment j'allais faire pour que le tabac reste au sec. Mon esprit était déjà concentré sur la recherche de quelque chose comme un sac en plastique près du comptoir de la cuisine.

— Qu'est-ce que tu fais ici, petite ? a demandé Eli.

J'ai entendu sa voix avant de le voir.

Je me suis arrêtée. J'ai retenu mon souffle. Je me suis arrêtée, arrêtée.

— Qu'est-ce que tu fais ici, petite ?

Il a prononcé les mots tous ensemble, comme s'ils n'en formaient qu'un seul, qu'est-ce-que-tu-fais-ici-petite ?

Lentement, je me suis tournée vers la gauche et j'ai vu Eli, sur le lit du pasteur Rex. Il était assis, nu, sur le bord du matelas, devant un grand ventilateur, un fusil de chasse posé sur les genoux.

Il n'a pas fait un seul mouvement pour essayer de cacher sa nudité.

Je n'ai pas bougé non plus. Mon nouveau Moi, une voleuse qui s'est fait prendre, n'a pas répondu.

— Une envie de t'abriter de la pluie, c'est ça ? a-t-il dit.

Sa voix était douce et musicale, comme si, pour lui, parler était une chanson.

J'ai fait oui de la tête. J'entendais le tonnerre comme un tambour en moi et au-dehors.

Il avait des yeux bleus, vraiment bleus, pas comme le ciel ou l'océan, ou d'autres choses bleues qui me venaient à l'esprit. Et de longs cheveux noirs.

— Dis donc, petite, tourne-toi vers la porte, a-t-il dit.

Je savais très bien ce que ses yeux voyaient. Ils voyaient une fillette si blanche qu'elle aurait pu être une pomme pelée, un biberon de lait ou une boule de glace à la vanille. Il regardait mon nouveau corps qui franchissait peu à peu la frontière entre mes douze et mes treize ans.

— Tu es blanche comme une bougie, petite fille. Je parie qu'il y a une mèche à l'intérieur de toi qu'on peut allumer.

Je n'ai pas bougé. Je n'ai pas compris.

— Hé, poupée, tourne-toi vers la porte. Retourne-toi. Tourne ta jolie petite personne. Laisse-moi enfiler un jean. Après, je te passerai une serviette pour que tu puisses te sécher.

Je me suis finalement retournée.

J'ai fait comme une pirouette.

J'ai ouvert la porte et j'ai descendu les marches en courant. Je suis passée devant les Mexicains, le vieux toboggan et le portique à balançoires, et j'ai zigzagué entre les caravanes jusqu'à ce que j'arrive à la Mercury. Puis je l'ai ouverte d'un coup, j'ai sauté à l'intérieur et tiré la lourde portière pour la refermer. Je me suis jetée sur le sol sous la boîte à gants, et je me suis roulée en boule, comme une toute petite fille qui n'était plus qu'une boule.

9

La deuxième fois que j'ai vu Eli, je me trouvais avec Avril May et ses parents à l'église. Mme Roberta Young était assise avec Noelle de l'autre côté de la nef. Elles étaient toutes les deux habillées de blanc et avaient l'air très sérieuses, avec leurs mains croisées sur leurs genoux. Ma mère trouvait qu'elles étaient les dernières personnes sur Terre qui prenaient la peine de bien s'habiller pour Dieu. Toutes les autres portaient des jeans ordinaires, des shorts et des T-shirts. Cela horrifiait vraiment ma mère et contribuait à nourrir son mépris pour les protestants.

Tout au fond, plusieurs bancs étaient réservés aux blessés et aux infirmières de l'hôpital pour vétérans. Le dimanche, un service de bus amenait les anciens soldats à l'église. Certains de ces hommes venaient en fauteuil roulant et d'autres se déplaçaient avec des béquilles. Les infirmières les accompagnaient pour aider ceux qui ne pouvaient pas marcher ou pour pousser les fauteuils. Parfois, si Rose était de service, elle s'asseyait au fond avec eux. Chaque dimanche, un infirmier costaud portait jusque dans l'église un homme qui n'avait plus ni bras ni jambes.

D'après Rose, l'hôpital pour vétérans hébergeait toutes sortes d'hommes.

Lorsque j'observais ceux qui étaient assis au fond de l'église ces matins-là, je comprenais qu'elle disait vrai. Il y en avait de toutes les formes et de toutes les couleurs.

Rose disait que chaque blessé de guerre était un vrai livre d'histoires.

Eli est entré après que l'assemblée des fidèles était déjà installée. Les talons de ses bottes de cow-boy noires ont résonné sur le sol. Il portait un jean et une chemise blanche et propre.

Il avait aussi deux fusils de chasse, un à chaque épaule.

Rose a donné un coup de coude au sergent Bob et a chuchoté :

— Qui est cet homme ? Est-ce qu'on peut porter une arme, au vu et au su de tous, dans une église ?

Tout le monde l'a regardé.

Tout en avançant d'un pas tranquille dans la nef, Eli faisait de légers signes de tête à droite et à gauche.

Rose a dit :

— Celui-là, il se prend pour une mariée. Regarde comment il remonte la nef.

Lorsqu'il m'a vue assise sur un banc à sa gauche, comme un petit œuf blanc, il a fermé les yeux l'espace d'une seconde, les deux yeux. C'était sa manière de dire : je te connais.

Quand il est arrivé à la hauteur des premiers bancs, il a fait glisser la lanière d'un des fusils de son épaule, puis l'autre, a déposé les deux armes sur le banc, et s'est assis.

Plus tard, lorsque j'ai parlé d'Eli à ma mère, elle a dit :

— Il n'y a qu'une sorte d'homme qui entre dans une église avec deux fusils. Les hommes qui ne tendent pas l'autre joue.

Eli a pris une profonde inspiration. Nous le regardions tous. Tout le monde, dans cette église, pouvait à la fois sentir et voir l'air de son souffle, parce qu'il ne savait pas encore que dans notre bout de Floride il ne fallait pas respirer trop fort. Il ne savait pas encore que les émanations de la décharge et de la rivière trouble et malade, tout infestée d'alligators, pouvaient le contaminer. Il inspirait à fond comme s'il ignorait que les moustiques se reproduisaient partout et que la saison des ouragans allait commencer dans une semaine. Il respirait à pleins poumons comme si l'église pouvait le remplir avec tous ses amen.

Un parfum de citron mêlé de pommes de pin l'a suivi dans l'église.

— Ça, c'était du parfum, a dit le sergent Bob. Du parfum de fille.

Avril May m'a serré le bras et m'a regardée en louchant. Elle louchait toujours quand elle voulait dire : là, c'est plutôt mal barré.

De là où j'étais, je pouvais voir Noelle et Mme Roberta Young de l'autre côté. Noelle avait deux poupées Barbie avec de longs cheveux jaunes qui dépassaient de la poche avant de son jean. Ses socquettes avaient perdu leurs élastiques et glissé jusque dans ses chaussures. Elles faisaient des plis et ne couvraient même plus ses talons. Noelle n'avait pas l'air de s'en rendre compte.

Ce matin-là, nous avons entendu l'histoire d'Eli au cours du sermon du pasteur Rex, tandis que le principal intéressé le regardait depuis le banc du premier rang.

Le pasteur Rex s'est essuyé le front avec un mouchoir bleu clair, puis a entamé son sermon. Il a dit :

— Je ne vais pas vous parler de Notre Seigneur Jésus, je vais vous parler de mon ami qui nous vient du Texas, M. Eli Redmond.

Lorsque le pasteur Rex a prononcé le nom d'Eli, je ne savais pas encore que tout irait mal. Je ne savais pas que ma mère serait un jour la biche que cet homme allait chasser. Je ne savais pas que son nom serait la chanson qui allait résonner dans son corps.

Plus tard, ma mère dirait que ce n'était pas une coïncidence. C'était Billie Holiday qui lui avait envoyé cet homme. Bessie Smith et Nina Simone aussi l'avaient guidé jusqu'ici. Etta James chantait *At Last*. Ma mère ne croyait pas aux coïncidences, elle croyait à l'intervention divine.

Avril May a écouté le sermon, s'est tournée vers moi et a encore louché. Elle n'était pas dupe.

— Eli Redmond est parmi nous. C'est un homme qui a connu des temps difficiles, disait le pasteur Rex.

J'ai regardé Eli. Je voyais son profil. Tandis que le pasteur Rex parlait de lui, il souriait, appuyé contre le dur dossier en bois du banc, les bras croisés. Il avait l'air content d'écouter l'histoire de sa vie.

— Eli Redmond a perdu les siens, répétait le pasteur Rex. Il a perdu sa famille, exactement comme si sa maison était le *Mary Céleste*. Vous vous rappelez ce bateau ? C'est une bien triste histoire. On l'a retrouvé en mer avec du jambon et de la purée encore chauds dans les assiettes et pas une âme à son bord. Pas une seule. Personne n'a jamais su ce qui s'était passé à bord de ce bateau, mais ça a dû être terrible. Terrible. Le canot de sauvetage était encore en place. Comment ces gens ont-ils pu disparaître ? Où sont-ils allés ? C'est un des grands mystères de l'océan. Eh bien, Eli est revenu chez lui après le travail, et sa femme et ses deux fils avaient disparu, a dit le pasteur.

Tous, dans l'église, se sont retournés, ont pivoté sur leur siège ou se sont penchés en avant pour apercevoir l'homme qui venait du Texas. À présent, il courbait la tête et fermait les yeux, comme si ses yeux ne pouvaient supporter d'entendre sa propre histoire.

— C'est la vérité, a dit le pasteur Rex, cet homme a tout perdu. Sa famille a disparu, elle s'est évaporée. Il l'a cherchée mais n'a pas eu de chance. J'espère que la famille aimante de cette église va l'accueillir et que sa malchance va se transformer en chance. Nous pouvons tous être ses canots de sauvetage.

Noelle avait posé sa bible et avait sorti ses poupées Barbie de sa poche. Elle les tenait dans ses mains et les faisait marcher sur la pointe de leurs pieds en plastique le long du dossier qui était devant elle.

J'ai regardé autour de moi dans l'église. Le plafond était couvert de plaques de moisi. Il y avait une grande image de Jésus dans un cadre sur le mur de gauche et une simple croix en métal sur celui de droite. Je n'avais pas envie de me concentrer sur le pasteur, rendu écarlate par l'émotion, et qui répétait :

— Oh oui, des canots de sauvetage. Oui, voilà ce que nous devons être, des canots de sauvetage. Qui va donner un gilet de sauvetage à cet homme ? Il ne peut pas boire d'eau salée. C'est comme dans ce célèbre poème que vous connaissez tous. Alors, qui lui apportera de l'eau fraîche ? Qui lui donnera du travail ?

Quand le pasteur Rex a dit : « Ne tuez pas l'albatros », tout le monde dans l'église s'est tu.

Avril May s'est tournée vers moi et a chuchoté :

— Quoi ? Quel albatros ?

— Que le Seigneur soit avec vous, a dit le pasteur pour finir. Et maintenant, prions.

À ce stade du service religieux, certains se sont levés et d'autres se sont mis à genoux.

Je me suis agenouillée à côté d'Avril May. Le sergent Bob a eu du mal, mais il s'est agenouillé lui aussi, sur son seul genou, à côté de moi, pendant que Rose restait debout.

J'ai fermé les yeux très fort et j'ai prié Dieu, et je l'ai remercié de la circonstance catholique qui faisait que ma mère ne se trouvait pas dans cette église protestante et n'était pas là pour entendre l'histoire d'Eli Redmond. Je savais que sinon, elle aurait immédiatement eu envie de lui toucher le front et de lui glisser un thermomètre dans la bouche pour lui prendre sa température.

À la fin de la prière, le pasteur Rex a demandé à Eli Redmond de se lever et de dire quelques mots.

Eli s'est levé et s'est tourné pour regarder l'assemblée. Et pour la deuxième fois, j'ai entendu sa voix de berceuse.

Il a dit :

— Comme un arbre seul dans un champ, je me tiens ici. Aucun autre arbre ne m'aide à tenir face au vent et à la tempête. La foudre a frappé cet arbre, elle m'a frappé moi. Je veux retrouver ma femme et ma progéniture. Je n'arrive à dormir ni le jour ni la nuit. Mes yeux n'auront pas de repos tant qu'ils ne reverront pas leurs yeux. Vous pouvez toujours imaginer des choses folles, rien ne vous prépare à cela.

Eli parlait comme s'il était penché sur un berceau.

— Il n'y a personne pour m'aimer, a-t-il dit, et à ce moment-là c'était presque comme s'il chantait. Peut-être que ma femme m'appelle. Peut-être qu'ils marchent le long d'une autoroute. Peut-être qu'ils sont dans cette demeure dont personne ne revient. Peut-être.

Nous étions tous silencieux. Ce jour-là, le mot *peut-être* est devenu le mot le plus important de nos vies. C'était un mot auquel nous n'avions jamais accordé de place sur la cheminée des mots et, à présent, il résonnait comme un de ceux qui pouvaient contenir des réponses.

Derrière moi, depuis les bancs du fond, j'entendais le souffle des vétérans qui entrait et sortait de leurs corps, délibérément, avec force, comme si, avec chaque respiration, ils comptaient les tintements du nouveau mot, celui du jour : peut-être, peut-être, peut-être.

Les hommes essayaient vraiment de ne pas fixer Eli Redmond, mais ils n'y parvenaient pas parce qu'ils le connaissaient, parce qu'ils avaient été cet homme, il y a si longtemps.

Ils ont regardé le Texan et se sont souvenus de ce que c'était que de tenir une femme par la taille, et de la serrer juste assez pour qu'elle sente leur force dans son corps à elle.

J'entendais le bruit que faisaient les béquilles métalliques qui s'agitaient, qui glissaient et tombaient au sol, et la plainte et les râles des fauteuils roulants qui frémissaient.

Les soldats brisés considéraient cet homme, et ils savaient qu'ils n'étaient plus que des épaves.

10

Ma mère était si gentille qu'elle l'était trop.

Selon l'avis de certains, quelqu'un d'aussi gentil aurait mérité qu'on l'enferme.

Elle ne me disait jamais non.

Elle aimait à dire : Je suis comme deux cents grammes de sucre en poudre, si on a besoin de douceur, on peut me demander à toute heure.

Elle était vraiment deux cents grammes de sucre en poudre.

Mais la douceur est toujours à la recherche du Grand Méchant Loup. Et le Grand Méchant Loup repère toujours Mademoiselle Douceur au milieu de n'importe quelle foule. Comme deux aimants qui s'attirent. Monsieur Grand Méchant Loup était le réfrigérateur et Mademoiselle Douceur était le petit aimant « *Florida loves Oranges* » collé sur la porte.

Ma mère a invité Eli Redmond dans notre voiture.

Elle a ouvert la bouche en grand, a fait un grand O, et l'a aspiré en elle.

Elle a ouvert la bouche et a inspiré le parfum d'épices douces et aromatiques, le musc d'Eli Redmond.

Je ne comprenais pas. Elle connaissait toutes ces chansons, alors pourquoi se laisser émouvoir et embrouiller par un homme comme lui ? Et dire qu'elle connaissait toutes les chansons d'amour qui sont l'université de l'amour. Elle connaissait *I'm So Lonely I Ain't Even High* et *Call Me Anything But Call Me*.

Quand il lui a dit qu'il s'appelait Eli, elle est tombée à genoux.

Sa voix l'a immédiatement apprivoisée. Le premier mot d'amour qu'il lui a dit était la seule chose dont elle avait besoin. Il lui a dit :

— Je suis ta potion, *sweet baby*, oh oui, oh oui, ton nom a toujours été écrit sur mon cœur.

Et après ça, il n'avait plus qu'à la siffler.

Ma mère a rencontré Eli la première fois dans l'aire de jeux délabrée que nous traversions sur le chemin des toilettes.

Chaque matin, nous sortions tôt de la Mercury et nous nous rendions aux toilettes. J'entrais toujours la première et ma mère m'attendait à l'extérieur.

Le jour où ma mère a rencontré Eli Redmond, j'étais dans la petite salle de bains en train de me laver la figure et de me brosser les dents, quand j'ai entendu des voix dehors. C'était ma mère qui discutait avec le Texan. J'ai su que c'était Eli, parce que chaque mot était une chanson.

Il disait :

— Qu'est-ce que vous voulez dire ? Que vous saviez que je viendrais ? Comme le printemps ?

— Oui.

Lorsque je suis ressortie des toilettes, j'ai trouvé ma mère assise sur la balançoire en plastique fendue, dans sa longue chemise de nuit lavande presque transparente. Eli était debout derrière elle et la poussait, propulsant son corps délicat dans les airs.

Il avait coincé sa cigarette allumée entre ses dents afin de pouvoir utiliser ses deux mains et la lancer dans le ciel du matin. Ma mère avait fermé les yeux pour mieux sentir ses mains sur ses reins et sur ses hanches.

J'ai marché seule jusqu'à la Mercury et j'ai commencé à m'habiller pour l'école.

À peu près une demi-heure plus tard, ma mère est revenue. Elle a ouvert la portière et a rampé sur le siège arrière. Elle s'est retournée, s'est allongée sur le dos et a mis ses mains sur ses paupières, comme si elle ne voulait pas que le visage d'Eli quitte ses yeux. Ses pieds nus étaient couverts de boue. Elle avait perdu ses tongs quelque part, pendant son voyage matinal des toilettes jusqu'à notre voiture.

— Pearl, mon bébé, a-t-elle dit, je crois au coup de foudre, à l'amour au premier regard. Alors fais bien attention à ce que tu regardes.

À partir de ce moment, ma mère a contemplé sans cesse sa montre porte-bonheur. Dans le cadran rond, parmi les heures et les minutes, elle cherchait le temps qu'elle pourrait passer avec Eli.

— Peut-être qu'on me rend enfin mon avenir, disait-elle.

Le dimanche suivant, ma mère m'a poussée hors de la Mercury et m'a dit d'aller à l'église avec Avril May. Ses mots étaient tendres et doux, mais ils auraient aussi bien pu être un coup de pied donné par un godillot militaire. Elle voulait être seule avec Eli.

Une semaine passa avec Eli qui essayait de m'acheter à coups de bonbons pour que je quitte la voiture. Il m'avait offert un paquet jaune de M&M's aux cacahuètes et un sachet de Dragibus. Mais très vite, il sut lire en moi. Il ne lui fallut que deux jours pour comprendre que ce que je voulais vraiment, c'était des cigarettes. Grâce à la soudaine passion de ma mère pour Eli, Avril May et moi avons pu compter sur une provision régulière de Camel.

À l'église, nous étions tous dans une sorte d'expectative. Même le pasteur Rex passait son temps à regarder derrière lui en direction de la porte d'entrée tout en préparant l'autel. Les soldats remuaient fébrilement et lançaient des regards à droite à gauche. Les femmes étaient plus soignées que d'habitude et quelques hommes portaient des chemises à manches longues, ce qui était plutôt inédit.

L'assemblée des fidèles attendait Eli, mais moi je savais qu'il était avec ma mère sur le siège arrière de notre voiture.

— Adieu la famille perdue d'Eli, me chuchota Avril May.

— Oui.

— Alors ta mère et Eli sont tombés en amour ?

— Oui.

— Le couteau dans la plaie, a-t-elle dit.

Peu à peu, au fur et à mesure du service religieux, le pasteur Rex devenait fébrile. Dans son sermon, il parla du Miracle de la Mule et du Miracle du cœur de l'Avare, mais c'était difficile de comprendre ce qu'il voulait dire. Lorsqu'il a tenu le livre de prières, ses mains tremblaient.

J'ai jeté un œil en direction du banc où étaient assises Noelle et sa mère. Noelle avait l'air de quelqu'un qui ne s'est pas peigné depuis une semaine. Elle portait un rouge à lèvres rouge foncé.

— Regarde Noelle, a dit Avril May. Regarde-la.

— On dirait qu'elle a mis ses doigts dans une prise électrique, ai-je dit.

Avril May a fait oui de la tête.

Le pasteur Rex a fini son sermon et a dit :

— Alors, voici ma question pour nous tous aujourd'hui. Est-ce que nous croyons aux miracles ? Tous, ici, nous devons nous poser cette question. Est-ce que vous croyez aux miracles ? Si ce n'est pas le cas, alors demandez-vous comment vous pouvez prier pour en obtenir.

À ce moment, j'ai vu Noelle glisser du banc sur le sol. Elle s'était évanouie.

Il y a eu un peu d'agitation et quelques personnes ont accouru pour aider Mme Roberta Young à relever Noelle et à l'allonger sur un banc. Rose nous a laissées pour vite aller lui prendre le pouls. Le pasteur Rex est descendu de l'autel en toute hâte pour voir s'il pouvait faire quelque chose.

Tandis que Rose posait sa main sur le front de Noelle pour déterminer si elle avait de la fièvre, le pasteur a utilisé son livre de prières pour l'éventer.

À ce stade, tous avaient compris que le service était terminé et ils ont commencé à partir. Ce fut un départ silencieux, comme si un bébé dormait, ou comme si quelqu'un était mort.

Le sergent Bob, Avril May et moi nous nous sommes assis sur le banc et avons attendu que Rose finisse de s'occuper de Noelle.

Le diagnostic était simple.

Noelle aussi était tombée amoureuse d'Eli Redmond. Elle l'avait compris dès qu'il était apparu dans la nef et, depuis, elle tombait tout le temps dans les pommes.

Nous avons appris qu'après le service précédent, au cours duquel Eli avait été présenté à l'assemblée, Noelle était rentrée chez elle pour faire du jardinage. Il lui avait fallu plusieurs heures pour creuser des trous tout autour de sa caravane. Comme outils de jardinage, elle avait utilisé deux grandes cuillères et une fourchette prises dans sa cuisine.

Quand elle avait eu fini de creuser soixante-trois trous, elle avait apporté sa grande collection de poupées Barbie à l'extérieur et les avait fichées une par une dans chaque trou. Elle les avait plantées les pieds en bas et seulement jusqu'aux genoux.

Les rangées de Barbie tout autour de sa caravane ressemblaient à un champ de poupées. De loin, un court instant, leurs cheveux jaunes, roux, noirs et bruns avaient l'air de pétales contusionnés.

Quand je suis allée chez Noelle pour mon cours de maths, seulement deux jours après l'arrivée d'Eli, et que j'ai vu le champ de Barbie, j'ai su qu'il y avait anguille sous roche. J'ai su aussi que dès qu'Avril May verrait ce paysage de poupées, elle en parlerait pendant deux semaines.

J'ai monté les deux marches de la roulotte et regardé à l'intérieur pour voir s'il y avait quelqu'un. Derrière la moustiquaire de la porte, je voyais Noelle, allongée sur le canapé, qui lisait. Je ne l'avais jamais vue lire. Mme Roberta Young, elle, lisait tout le temps et il y avait toujours des livres qui traînaient partout, mais je ne pensais pas que Noelle en était elle aussi capable.

Noelle était habillée d'une longue chemise de nuit rose flottante. C'était exactement la même que celle de ma mère, qui était lavande. Noelle et ma mère avaient acheté la même chemise de nuit de princesse chez Walmart, où l'on pouvait la trouver en lavande, rose et orange, pour neuf dollars quatre-vingt-quinze, et ignifugée en plus.

J'ai compris que je n'aurais pas cours de maths.

À côté de Noelle se trouvait un paquet de cigarettes Salem d'un vert très « Magicien d'Oz ». J'ai décidé d'entrer et de lui parler, pour voir si je pouvais lui voler une ou deux cigarettes. J'avais déjà le goût de la fumée mentholée dans la bouche. Mais avant cela, je suis retournée au champ de poupées et, les attrapant par la tête, j'en ai arraché cinq ou six, comme des mauvaises herbes. Je les ai laissées là, sur la terre humide.

Ensuite je suis retournée à la caravane et j'ai frappé à la moustiquaire. Noelle a levé la tête, s'est assise, puis est venue à la porte. Dans sa chemise de nuit soyeuse, elle avait presque l'air de flotter.

Elle me regardait à travers le filet de la moustiquaire.

— Ah, c'est toi, Pearl. Qu'est-ce que tu veux ?

— Je peux entrer ? ai-je demandé.

Elle a ouvert la porte. Par-dessus mon épaule, elle a vu les Barbie que j'avais arrachées du sol.

— Oh, non ! a-t-elle dit en me poussant et en se précipitant vers le jardin de poupées.

Je suis entrée dans la roulotte, j'ai sorti deux Salem du paquet et les ai glissées dans ma manche.

Je savais ce qui était arrivé à Noelle. Lorsqu'elle avait aperçu Eli pour la première fois à l'église, elle était devenue, grâce à lui, une femme. Elle était restée la bouche ouverte. Elle l'avait avalé tout rond.

Mme Roberta Young, elle, avait détesté Eli dès qu'elle l'avait vu remonter la nef.

En fait, Mme Roberta Young avait envie d'emprunter le détecteur de mensonges du sergent Bob. Elle appelait ça un

103

polygraphe. Le sergent Bob l'utilisait pour ses tournois de pêche car les gens trichaient et mentaient toujours au sujet de leurs prises.

— Personne ne gagne contre la machine, disait-il.

Il se faisait un peu d'argent en voyageant à travers la Floride et en organisant des séances de détecteur de mensonges lors des tournois locaux. Il appelait ça la « pêche de pureté ». Il disait que les participants devaient signer un accord comme quoi ils acceptaient d'être testés avant de pouvoir participer au tournoi de pêche.

Le sergent Bob travaillait sans cesse à de nouvelles questions. Les questions types qu'il posait étaient : Avez-vous accepté des poissons de quiconque à l'extérieur de votre bateau ? Avez-vous caché des poissons dans votre bateau ou votre camion ? Avez-vous prélevé des poissons dans une zone de viviers ? Avez-vous jamais menti au sujet de vos poissons pour ne pas avoir d'ennuis ?

Rose redoutait cette machine. Elle savait que son mari la brancherait immédiatement à l'engin si jamais il la soupçonnait de le tromper. Du coup, elle savait qu'elle ne pourrait jamais le faire, même en pensée.

Le sergent Bob disait souvent à ses amis pêcheurs qu'il appliquerait le détecteur de mensonges à leurs femmes, gratuitement s'ils le voulaient. Il riait et disait : Remplacez juste le mot « poisson » par le mot « amant », et ça marche !

— Cette machine est comme un juge de la Cour suprême assis dans un coin de ma chambre, a dit Rose à ma mère un jour à l'hôpital.

Le sergent Bob expliquait que certaines personnes plaçaient une punaise au fond de leur chaussure et appuyaient leur pied dessus lorsqu'ils disaient la vérité. Les falsificateurs de vérité pensaient en effet que ressentir de la douleur pendant qu'ils disaient la vérité ressemblerait à l'anxiété qu'on ressent lorsqu'on dit un mensonge.

Mme Roberta Young aurait bien voulu tester l'appareil sur Eli, mais elle n'arrivait pas à imaginer de stratagème pour arriver à ses fins.

Selon elle, Eli Redmond était la brise qui fait qu'un ouragan se forme au-dessus de l'Atlantique. C'était un menteur pur sang. Il était le genre d'homme qui fracasse toutes les fenêtres de votre maison.

11

Eli m'a pris ma place.

Il m'a virée de la voiture.

Eli laissait ses bottes de cow-boy dehors près du pneu avant gauche. Il jetait sa veste en jean en travers du capot et calait ses lunettes de soleil sur un des essuie-glaces.

Il ne frappait jamais avant d'entrer.

Ma mère sentait venir ses pas de très loin. Nous étions en train de chanter, ou de manger quelque chose, ou bien elle m'aidait à faire mes devoirs, quand soudain elle levait les yeux et s'interrompait. Elle lissait alors ses cheveux jaunes et frisés et glissait un morceau de sucre dans sa bouche.

Et ça ne loupait jamais. Quelques minutes plus tard, je regardais par la vitre et je voyais Eli qui venait vers nous. Il avait les yeux levés au ciel. Je ne sais pas comment il faisait pour ne jamais trébucher ou pour ne pas avoir l'air de celui qui vient de poser le pied dans un trou. Il regardait le ciel et la terre s'en fichait.

— Allez, va jouer. Oust! Va trouver quelque chose à faire. Allez, du balai, disait alors ma mère.

Tandis que je sortais par un côté de la voiture, Eli se glissait à l'intérieur par l'autre. Il s'installait toujours immédiatement sur le siège arrière, comme si c'était un lit.

— Allez, va jouer, répétait ma mère.

Je me sauvais et j'errais dans le camp mais, en réalité, je n'avais nulle part où aller.

Parfois, j'avais de la chance et je pouvais passer un moment avec Avril May mais, la plupart du temps, je me dirigeais vers l'aire de jeux et je m'asseyais sur la balançoire pendant une heure ou deux jusqu'à ce que j'aperçoive Eli qui quittait la Mercury et se dirigeait vers la caravane du pasteur Rex.

De temps à autre je descendais à la rivière, mais j'avais peur d'y rester toute seule à cause des alligators.

Je n'allais jamais à la décharge non plus. C'était une chose de trouver la carcasse pourrie d'un chien avec Avril May, mais c'en était une autre de la trouver toute seule.

La dernière fois que nous y étions allées ensemble, Avril May avait déniché un sac en plastique rempli de peaux de serpents desséchées. Moi, j'avais trouvé une balle entière avec sa douille en laiton dans une bouteille de vin vide. La balle brillait à l'intérieur du verre et j'avais dû briser la bouteille pour l'extraire. Grossièrement gravées sur un des côtés de la balle se trouvaient les lettres V et P.

— Eh ben dis donc, avait dit Avril May, il y a le nom de quelqu'un sur cette balle.

— On dirait qu'elle n'a jamais été utilisée.

— Prends-la. Il est encore temps de le faire.

— Tu parles, je ne vais pas la laisser ici, avais-je dit en mettant la balle-génie-dans-une-bouteille dans la poche de mon jean.

Après quelques jours à errer dans le camp avec aucun endroit où aller, j'ai compris qu'Eli allait désormais passer tous les moments où ma mère n'était pas au travail dans notre voiture.

À présent, son odeur flottait dans la Mercury, même quand il n'était pas là. C'était l'eau de Cologne *Brut*, m'a dit ma mère. J'ai raconté à Avril May l'histoire du *Brut*, qui l'a raconté à sa mère qui a dit que c'était le parfum que portait toujours Elvis Presley.

Il y avait bien une caravane en plus, abandonnée, au fond du camp. Ses derniers locataires avaient été une jeune femme et son enfant de deux ans. Le mari de la femme, sévèrement blessé en Irak, avait été soigné à l'hôpital pour vétérans. Je savais que le soldat était mort de ses blessures et que son épouse était partie retourner vivre chez ses parents à Tampa.

À présent qu'Eli était toujours fourré dans ma voiture, je suis allée jeter un coup d'œil à la caravane vide. J'étais fatiguée d'errer sans nulle part où aller et j'avais besoin d'un lieu où je pourrais faire mes devoirs et échapper aux moustiques.

L'endroit était propre. Certaines des caravanes-maisons étaient raffinées, elles comportaient même plusieurs pièces, mais celle-ci était très simple. Elle était seulement composée d'une seule longue pièce. D'un côté se trouvaient une cuisine, une petite salle de bains avec une douche, et un comptoir avec deux tabourets qu'on avait laissés là. De l'autre côté, il y avait une couchette étroite. Le lit superposé n'était plus qu'un cadre vide, mais la couchette d'en bas avait toujours son vieux matelas. Il y avait des graffitis sur la tête de lit en bois. Gravés à l'aide d'un couteau de poche ou à éplucher, les mots : *J'attends la comète de Halley en 2061.*

Par terre traînaient un livre d'enfant et un petit camion. C'était un livre de coloriage avec des dessins de pistolets, de fusils de chasse, de carabines et de mitrailleuses. Sur la couverture, les mots : *Colorie les armes à feu.*

Dans les tiroirs de la cuisine, j'ai déniché un paquet de compresses de gaze et un couteau de chasse avec un long manche jaune clair, ainsi qu'un mug à café rempli de mouches pour la pêche. Sur le mug il y avait la photo d'une baleine d'un côté, et de l'autre, les mots *Sea World, Orlando*.

Sous l'évier, deux paquets non entamés de grands sacs-poubelle noirs et une balayette de WC.

Dans la salle de bains, j'ai trouvé un savon Zest vert toujours emballé et une serviette tachée accrochée derrière la porte.

Au fil du temps, j'ai pris l'habitude de venir dans la caravane vide pendant qu'Eli se rendait presque chaque après-midi dans la Mercury, et n'en partait que tard, quand c'était l'heure pour moi d'aller me coucher.

Ma mère ne me demandait jamais où j'étais ni ce que je faisais. Je voyais bien que son amour pour Eli la rendait toute somnolente. Elle avait du mal à se lever le matin et à se préparer pour aller au travail.

Elle avait quelques idées pour expliquer cette somnolence.

— J'ai trop de questions qui me trottent dans la tête, disait-elle. Ça m'empêche de dormir.

— Quel genre de questions ? demandais-je.

— Toutes sortes. Est-ce que les animaux se parlent entre eux ? Est-ce qu'il faut tenir une promesse même après la mort de quelqu'un ? Tu sais bien, ce genre de questions-là. Est-ce que ma vie aura compté ? Et je me demande même

110

si Monsieur Ne Reviens Pas reviendra un jour. Il me manque.

Un soir, alors que je quittais la caravane vide pour rentrer me coucher, je suis tombée sur le pasteur Rex. Il se tenait sans bouger derrière la grille d'entrée du camp, caché derrière un arbre. Il regardait en direction du parking visiteurs et de notre voiture. De là où il se trouvait, il pouvait voir ma mère assise sur le siège arrière, sur les genoux d'Eli.

Je savais qu'Eli était assis à l'endroit même où le pasteur aurait rêvé d'être. Avant qu'Eli ne vienne vivre chez lui, le pasteur Rex s'imaginait déjà installé sur le siège arrière de la Mercury, avec ses affaires à lui.

Il ne m'a pas vue ni entendue approcher, alors j'ai reculé de quelques pas pour me fondre dans l'ombre d'un arbre. J'étais si petite qu'il m'était facile de disparaître.

J'ai vu le pasteur Rex glisser une main dans sa poche et en sortir un paquet de Marlboro et un briquet. Il a allumé une cigarette et l'a fumée lentement sans lâcher ma mère ni Eli des yeux. Il la fumait comme s'il en aspirait tout l'espoir. Il a pris une profonde bouffée, à fond, à fond, mais n'a pas rejeté la fumée. Il a fumé toute la cigarette de cette façon. Le pasteur Rex les regardait, et moi je les regardais, tandis qu'Eli retirait le chemisier de ma mère. Il observait, et j'observais, pendant qu'Eli se penchait pour embrasser les petits seins de ma mère. Il regardait, et moi je regardais aussi ma mère qui embrassait Eli dans le cou, encore et encore.

Quand le pasteur Rex a eu fini d'aspirer tout son espoir, il a jeté le mégot par terre, l'a écrasé dans le gravier avec son talon, s'est retourné puis s'est dépêché de repartir vers sa caravane.

Moi aussi, je suis retournée dans ma caravane vide pour une heure encore. Je n'avais absolument rien d'autre à faire.

À présent que ma mère aimait Eli, elle le savourait au plus profond d'elle-même. Mais c'était comme jeter une pièce dans une fontaine et faire un vœu, elle ne serait jamais exaucée. Elle resterait toujours sur sa faim.

Quand Eli est parti et que je suis retournée dans la voiture, je l'ai vue se lécher les paumes des mains pour retrouver son goût, comme un chaton.

La nuit, elle dormait avec une chemise d'Eli et elle remuait dans son sommeil, tout agitée.

Si ma mère avait pu voir une autre femme dans cet état, elle aurait fait le diagnostic en une seconde. Elle aurait dit :

— Pearl, c'est comme dans cette chanson : « Elle lui demande de l'eau, mais il ne lui donne que de l'essence. »

12

Lorsqu'Avril May et moi rentrions de l'école en marchant le long de l'autoroute, nous regardions toujours sur le bas-côté au cas où il y aurait quelque chose d'intéressant par terre. Une fois, nous avions trouvé un billet de cinq dollars.

Le jour où Avril May et moi n'avons pas trouvé d'argent, mais un bébé raton laveur sous un buisson, ce jour-là, la police s'est arrêtée dans le camp de caravanes pour fouiller notre voiture.

Avril May s'est penchée et a examiné la petite bête de près.

— C'est un bébé, a-t-elle dit. Tu crois qu'il est blessé ?

— Laisse-le, ils peuvent avoir la rage.

— Ah oui, c'est vrai, a-t-elle répondu en reculant brusquement.

Nous avons accéléré le pas comme si le simple fait d'être près du raton laveur pouvait nous rendre malades. En arrivant à la hauteur du camp de caravanes, nous avons vu une voiture de police arrêtée à côté de la Mercury. La sirène était coupée, mais les warnings du véhicule clignotaient et lançaient des lueurs rouges.

Ma mère se tenait à l'extérieur, pieds nus. Elle portait sa chemise de nuit lavande. Je savais qu'elle dormait sans doute quand les policiers étaient entrés dans le camp, s'étaient garés et avaient frappé à la portière. Les serviettes que nous mettions sur les vitres de la Mercury étaient encore en place. Elle aurait dû être au travail, pas dans la voiture. L'école était finie, il était au moins trois heures. Elle n'aurait pas dû être endormie.

Ma mère se tenait les bras croisés sur son ventre et se balançait doucement d'avant en arrière.

Deux policiers se trouvaient avec elle. Ils étaient tous les deux grands, ce qui faisait qu'elle avait l'air encore plus petite que d'habitude. L'un était roux et couvert de taches de rousseur. On aurait dit un parent d'Avril May. L'autre avait les cheveux noirs et la peau foncée et il se tenait en arrière de la voiture, une main posée sur son arme.

Le policier roux tournait autour de la voiture. Il essayait de regarder à travers les vitres, malgré les serviettes. Je l'ai entendu dire :

— Alors il n'y a personne d'autre dans le véhicule, c'est bien ça, madame ?

Lorsque j'ai avancé en direction de ma mère, les deux hommes m'ont regardée fixement.

Le policier aux cheveux noirs a laissé échapper un soupir. J'étais habituée aux regards incrédules à la vue de ma peau blanche coquille d'œuf et de mes yeux pastel clair.

J'ai marché jusqu'à ma mère et j'ai mis ma main dans la sienne.

Le policier roux s'est approché de moi et a lancé :

— Dis, tu es une vraie albinos ?

Avril May ne s'est pas arrêtée. Elle est partie en regardant droit devant elle comme si elle ne nous connaissait pas.

— C'est votre fille? a demandé le policier roux à ma mère.

Il était le seul des deux à parler et sa voix était froide et claire.

J'ai répondu à sa place.

— Oui, c'est ma mère.

— Vous habitez vraiment dans cette voiture? Vraiment?

— Oui.

— Où est ton certificat de naissance?

Le policier aux cheveux noirs observait la scène tout en mâchant un morceau de chewing-gum fermement calé entre ses deux dents de devant. Il avait toujours la main posée sur l'étui de pistolet à sa ceinture.

— Alors, p'tite madame, est-ce que cette enfant est à vous? a demandé le policier. Ne me dites pas que vous avez baisé à droite à gauche comme une bête et que vous avez eu cette enfant sans certificat de naissance! Bon Dieu, c'est pas possible! Est-ce qu'elle est albinos? Est-ce qu'elle a un nom?

— Pearl. Elle s'appelle Pearl, a dit ma mère.

— Et son nom de famille?

— France.

— Et votre nom à vous?

— Margot France.

— Vous avez les documents de cette voiture? Une assurance? Comment vous l'avez eue? C'est un bien volé? Où est-ce que vous avez eu cette voiture, hein? Vous créchez dans le coin depuis combien de temps?

— C'est qu'une voiture bonne pour la casse, a répondu ma mère.

— Regarde tous ces sacs, a dit l'autre policier.

Il ouvrait la bouche pour la première fois tout en scrutant l'intérieur de la Mercury. Sa voix était féminine, haut perchée.

— Regarde, on dirait une fichue SDF, a-t-il dit.

— Hé, Torres, a dit le policier roux, va voir dans le coffre.

Torres a ouvert la porte côté conducteur et a actionné le levier pour ouvrir le coffre. Puis il s'est dirigé vers l'arrière de la voiture pour regarder à l'intérieur.

Toutes les belles boîtes en carton doublées de papier blanc et celles en bois et en cuir avec de beaux fermoirs dorés étaient à leur place.

Il a soulevé le sac en feutrine vert, l'a ouvert en tirant sur la cordelette et en a extrait le bateau sculpté dans une défense d'éléphant.

— Où est-ce que vous avez trouvé ça ? a-t-il demandé, tout en tenant l'objet précautionneusement dans sa main.

Puis il a remis le bateau en ivoire dans son long sac et l'a reposé dans le coffre. Il a effleuré ensuite l'étui du violon en cuir noir. Il ne l'a pas ouvert.

— Nom de Dieu, a-t-il dit. Mais qu'est-ce que c'est que tout ça ? La p'tite dame a dévalisé une boutique d'antiquaire ?

Il a même secoué la longue boîte plate recouverte de soie sauvage et enveloppée d'un ruban de soie jaune.

Il a examiné la glacière, l'a ouverte et a dit :

— Du lait, des yaourts. Un Coca sans sucre. Quelques pommes. Jette un œil à tout ça, a dit Torres à l'autre policier. Viens voir. Où est-ce que vous avez eu toutes ces choses ? Vous les avez volées ?

— Non, a répondu ma mère. Ces choses appartenaient à ma famille.

— C'est ça, a dit Torres. Montrez-moi vos bras.

— Qu'est-ce que vous voulez dire ?

Ma mère avait les bras croisés sur sa poitrine.

— Non. Pourquoi ?

— Je ne vais pas le répéter, a dit Torres.

Il a attrapé le poignet gauche de ma mère et lui a tordu le bras pour l'exposer à la lumière du soleil. Il en a regardé l'intérieur lisse et doux.

— C'est bon, j'ai cru que c'était peut-être une consommatrice. J'ai pensé que quelqu'un vous fournissait de la *black tar*.

Puis Torres s'est retourné et m'a regardée.

— Et ce joli petit ange que vous avez là, qu'est-ce qu'elle a dans la tête, hein ?

— Écoutez-moi bien, ma p'tite dame, a dit le policier roux.

Il était obligé de se pencher depuis la taille presque à angle droit pour pouvoir regarder ma mère dans les yeux.

— Écoutez-moi bien, a-t-il dit encore une fois, nous allons procéder à une demande pour faire enlever cette voiture. Où est-ce que vous allez mettre vos affaires ? Vous avez intérêt à trouver un endroit pour les entreposer. Une fois que j'aurai fait la demande d'enlèvement, le véhicule de la fourrière sera là d'ici un jour ou deux. Vous avez un endroit où mettre vos affaires ? Où est-ce que vous allez habiter ?

Ma mère s'est mise à pleurer, mais sans bruit. Elle clignait des yeux et ses larmes coulaient en serpentant sur ses joues.

— Ce n'est pas illégal d'être sans domicile, a-t-elle dit. Ce n'est pas un crime.

— Elle a toujours été ma mère, ai-je ajouté. Toujours, depuis le début.

— Écoute, petite, a répondu le policier, si elle ne peut pas le prouver, tu vas aller direct dans une famille d'accueil. C'est la loi. Elle t'a peut-être kidnappée, qui sait, hein ? Comment savoir ? Si ça se trouve, tu es dans le fichier des enfants disparus. Peut-être bien que c'est le cas. Peut-être.

Ma mère ne pouvait s'empêcher de poser nerveusement l'un de ses pieds nus sur l'autre, comme si le sol lui brûlait la plante des pieds.

— Tu n'as pas de certificat de naissance ? a demandé le policier. Écoutez, p'tite madame, vous ne pouvez pas vivre dans une voiture. Vous êtes sans domicile. Une voiture n'est pas un domicile.

Soudain, j'ai arrêté de fixer les petits pieds de ma mère et levé les yeux. J'ai vu le sergent Bob qui arrivait vers nous en claudiquant. Il portait un bermuda et je voyais l'endroit où sa jambe de bois était fixée à son moignon avec une courroie en cuir.

Le sergent Bob avait son casque de soldat sur la tête et portait une énorme mitraillette à l'épaule. Il était prêt à tirer. J'avais déjà vu la mitraillette une fois dans sa caravane.

Avril May courait derrière lui. Je croyais qu'elle nous avait laissées nous débrouiller toutes seules avec les policiers et je ne lui en avais pas voulu. Face à la police, toute personne avec un minimum d'intelligence fichait le camp. Mais, au lieu de ça, elle était partie chercher du secours. Tandis que je l'observais marcher derrière son père comme un fantassin, j'ai su que je la laisserais jouer au petit chef avec moi et me diriger pour toujours. Je lui appartenais.

Les policiers n'ont pas vu le sergent Bob arriver à leur hauteur par derrière et pointer sur eux sa mitraillette.

— Je ne veux pas tirer, a dit le sergent Bob. J'en ai pas envie. Mais croyez-moi, je sais comment faire pour ne pas rater ma cible. Je tire pour tuer.

Les policiers se sont lentement retournés et, lorsqu'ils ont mis les mains en l'air, j'ai vu la surprise et la peur dans leurs yeux.

— Hé, hé là, a dit le policier roux. Du calme, mon pote.

— Je ne suis pas votre pote.

— Tu comprends ce que je veux dire, mec.

— Je ne suis pas votre pote. Fichez le camp d'ici. Tous les deux. Compris ?

Le policier a reculé lentement en direction de la voiture de police.

— À votre place, si je tenais à la vie, je ferais un grand demi-tour, je sortirais d'ici et j'oublierais ce qui est arrivé, a dit le sergent Bob. De l'amnésie, c'est tout ce qu'on vous demande.

— On va te faire arrêter, a dit Torres. D'ailleurs tu es en état d'arrestation, maintenant.

— Écoute, mon garçon, donne-moi ton permis de conduire, comme ça, je saurai ton nom jusqu'à la fin de mes jours. Si jamais tu parles, je te retrouverai et je tuerai toute ta famille. Je suis sérieux. Je souffre de SPT. Tu sais ce que ça veut dire, hein ? Je ne suis pas responsable de mes actes. En ce moment, tu vois, je suis à Kaboul. Et il y a un taliban, là, qui approche dans la rue.

— Allez, viens, on se barre d'ici, a dit le policier roux.

— C'est ça, c'est exactement ce que je voulais entendre, a répondu le sergent Bob.

— OK, on s'en va, a dit Torres, mais avant de remonter dans le véhicule de police, il s'est tourné vers ma mère. Écoutez, p'tite madame, vous feriez mieux de quitter cette voiture ou ils vous prendront votre fille. Je vous garantis qu'ils le feront.

— Je veux voir votre dos, maintenant, a dit le sergent Bob. Dehors. Tout ça n'est jamais arrivé, vous avez tout oublié.

Les flics sont remontés dans leur voiture et sont partis.

Le sergent Bob a laissé glisser son arme de son épaule et a claudiqué jusqu'à ma mère. Elle était si petite à côté de lui. Il tenait son arme d'une main et a posé l'autre sur sa tête comme si c'était une gamine.

— Écoute, Margot, tu ne peux plus vivre dans cette voiture. Il faut que tu trouves un autre endroit pour toi et Pearl. Les services sociaux vont finir par te la prendre et tu le sais.

— Merci sergent Bob, a dit ma mère, vous êtes un vrai ami.

— Je suis sérieux. Il faut que tu te trouves un endroit pour vivre.

— Je sais. Je sais.

— Tu n'es pas allée à l'hôpital aujourd'hui ?

— J'ai oublié.

— Margot, tu ne peux pas oublier d'aller au travail. C'est quoi cette histoire ?

— Je ne pensais pas qu'on était lundi. J'ai cru qu'on était dimanche.

Le sergent Bob a secoué la tête. Puis il s'est retourné et il est reparti en direction de sa caravane en claudiquant. Avril May m'a regardée et a secoué la tête aussi. Elle avait l'air triste. Je savais très exactement ce qu'elle me dirait plus tard. Ses superstitions fourniraient une explication. Toutes ces choses mauvaises s'étaient passées aujourd'hui parce que nous avions laissé la boîte, celle qui contenait la collection de papillons de nuit dans du papier de soie, dans la décharge. Au travers de la fumée de quelques cigarettes volées, elle me dirait : Je te l'avais dit. Tout est lié. Les policiers sont venus ici à cause des papillons de nuit et de leurs âmes de papillons.

Ma mère a ouvert la portière puis est retournée s'asseoir dans la Mercury. Je l'ai suivie sur le siège arrière. Il y avait une boîte jaune de Cheerios par terre. Elle l'a ramassée, l'a posée sur ses genoux et s'est mise à manger les céréales toutes sèches, une par une.

— Tu n'es pas allée au travail aujourd'hui ? Pourquoi ?

— Je ne me voyais pas y aller, a-t-elle dit.

— Pourquoi pas ?

— Oh, mon bébé, tu sais, ils ont amené un homme à l'hôpital il y a quelques semaines, et je n'arrive pas à le regarder. Je n'arrive pas à être près de lui. C'est comme si on lui avait arraché les ailes. Ils l'ont amené chez nous directement d'un hôpital pour vétérans à Miami. Ils sont débordés là-bas. Je ne peux plus travailler dans cet endroit.

— Pourquoi, c'est quoi son problème ?

— Chérie, il compte chaque battement de son cœur.

— Peut-être qu'il s'en ira bientôt, ai-je dit.

Ma mère a passé son bras autour de mes épaules.

— Viens contre moi.

— Il fait trop chaud.

— Trop chaud ? J'ai si froid.

121

— Tu crois que le sergent Bob a fait peur à ces policiers pour de bon ?

— Tu sais quoi, a dit ma mère, quelque chose vient de me traverser l'esprit. Tout ce temps, j'ai toujours pensé que le sergent Bob était membre du KKK. Mais peut-être pas, en définitive. Peut-être que je me suis trompée.

Deux semaines plus tard, une arme a fait irruption dans notre voiture. Pendant douze ans, la Mercury avait été pleine de poupées, d'animaux en peluche, de vêtements, de boîtes de nourriture en poudre et de fruits, de couvertures et de livres.

— On a besoin de cette arme, maintenant, a dit ma mère. Eli dit qu'on en a besoin parce que la police est venue. Ne la touche pas, jamais. Je t'apprendrai à t'en servir. Les week-ends, on ira à la rivière et on s'entraînera, d'accord ? On ira tôt le matin, quand il n'y a personne.

Elle m'a passé le pistolet. Il était petit et noir.

— Tu vois, il n'est pas si lourd, a-t-elle dit. Eli dit qu'il a quinze coups. Je peux tirer quinze fois avant d'avoir besoin de mettre un nouveau chargeur dedans.

— Où est-ce qu'il s'est procuré cette arme ?

— Je ne sais pas.

Ma mère a dit que nous garderions le pistolet d'Eli sous le siège passager, ce qui était exactement l'endroit où je cachais tous les objets que je trouvais dans la décharge. Si quelqu'un glissait la main sous ce siège, il y trouverait désormais un sac de boules de mercure, des billes, une créole en or, quatre boutons en cuivre et un pistolet.

Le samedi suivant, nous nous sommes réveillées tôt et nous sommes descendues à la rivière.

— Je n'ai même plus peur de tomber sur un alligator maintenant que j'ai ce pistolet à la main, a dit ma mère.

— Tu sais vraiment t'en servir ?

— Eli m'a donné des cours pendant que tu étais à l'école, a-t-elle dit. Je suis douée. Vraiment douée. C'est ce que dit Eli. Je crois que ce sont toutes ces années de piano. J'ai touché toutes les cibles. C'était facile. La chance était avec moi à chaque fois. Eli dit que quand on tire avec une arme, au fond, c'est pas si compliqué que ça.

Une fois à la rivière, près du ponton, ma mère a accroché un morceau de papier blanc sur un arbre. Elle avait dessiné un cercle noir au milieu avec un marqueur.

— Eli me l'a fait faire les yeux bandés, et je l'ai fait, a dit ma mère. J'ai touché la cible à chaque fois.

Au bord de la rivière, ma mère a répété les mots qu'Eli avait prononcés pour lui apprendre.

— Utilise ton œil dominant, a-t-elle dit. Ne t'accroupis pas, ne ferme pas ton autre œil, ne baisse pas la tête.

Je me suis mise bien en face de la cible et j'ai tenu l'arme au niveau de mes yeux.

— Tu veux que quelque chose de bien advienne avec cette balle, a dit ma mère. C'est ce qu'Eli a dit. Tu veux que quelque chose de bien advienne.

Je n'ai pas touché la cible.

— C'est parce que ta main est toute petite, a dit ma mère. Tu aurais besoin d'un tout petit pistolet pour enfant.

Mes quinze balles n'ont fait que des trous dans l'air.

— Est-ce qu'on a vraiment besoin de ce truc ?

— Eli m'a donné cette arme, a dit ma mère. C'est un cadeau.

— Pourquoi ?

— Ne dis pas à tes amies que nous l'avons. Ne dis rien. C'est pour être en sécurité. Protection.

— Protection ?

— C'est comme un parapluie pour la pluie.

— Pourquoi est-ce qu'Eli te l'a donné ?

— Il pense qu'avec ce pistolet, c'est comme s'il m'offrait des roses.

Eli se disait que deux filles qui vivent seules dans une voiture, c'est tout ce dont rêve une arme.

13

Après que la police a menacé ma mère et qu'Eli lui a donné le pistolet, j'ai eu ma première et dernière dispute avec Avril May. Ce fut la seule, parce que nous ne nous sommes jamais réconciliées après cela et que je l'ai perdue pour toujours. Je n'ai trouvé aucun défi, aucun pari, aucun stratagème pour la faire revenir. Les mots pour qu'elle me pardonne n'existaient tout simplement pas.

Nous avions toujours été amies. Sa famille était la seule qui se trouvait dans le camp de caravanes le jour où ma mère avait emménagé dans notre voiture dans le parking visiteurs. Le sergent Bob m'avait raconté qu'elle était arrivée avec sur le dos l'uniforme de son école, un sac rempli de livres de classe sur l'épaule et un nouveau-né dans les bras. Avril May était presque une sœur pour moi. Et le pire, c'est que nous nous sommes disputées au sujet de quelque chose auquel nous ne croyions même pas et dont nous ne savions rien.

Quand je suis arrivée au ponton, à la rivière, Avril May était déjà là. J'apportais des cigarettes que j'avais volées aux Mexicains et j'étais de bonne humeur. Corazón et Ray avaient laissé des Marlboro sur une chaise et j'avais réussi à en subtiliser deux dans le paquet.

Avril May était assise en tailleur sur le ponton, bien trop près de l'eau.

— Hé, recule-toi un peu, ai-je dit en lui tendant une cigarette, un alligator pourrait t'attraper en un rien de temps.

Elle a haussé les épaules et a allumé sa cigarette.

Je me suis assise à côté d'elle et j'ai fait pareil.

— Bon, eh bien, si tu te fais attaquer, autant qu'ils m'attaquent aussi. La rivière nous aura toutes les deux, comme ça.

— T'es une vraie amie, Lèche-souris, a dit Avril May.

— Lèche-souris? Vraiment? C'est comme ça que tu m'appelles?

— Ben oui.

— C'est mon surnom?

— Oui. Ne sois pas vexée, a dit Avril May. C'est pas méchant. Allez, lèche-moi la joue. Fais-le.

— Non, je ne te lècherai pas la joue. J'y crois pas! Tu m'appelles Lèche-souris derrière mon dos?

On riait, nos sourires pleins de la fumée du tabac. Et puis tout est parti en vrille.

— Alors, ces flics ne sont pas revenus? a demandé Avril May.

— Non. Ma mère pense qu'il faudrait peut-être qu'on trouve un autre endroit pour garer notre voiture pendant quelque temps.

— C'est peut-être une bonne idée.

— Oui, peut-être. Mais si on déménage, il faudra qu'on reste quand même dans les parages de l'école et de l'hôpital.

— Tu sais, a dit Avril May, il faut que je te dise quelque chose, Pearl. Margot ne va plus du tout au travail. Elle va perdre son boulot. Mon père m'a dit aujourd'hui que ta mère ne devrait pas être avec Eli. Il dit qu'Eli ne marche pas du bon côté de Dieu.

— C'est pas vrai, ai-je dit en défendant un homme qui était entré dans notre vie par effraction et qui m'avait pris ma mère.

— Mon père dit qu'Eli est en train de dévorer la jolie petite âme de ta mère, a dit Avril May. Il dit qu'Eli et le pasteur Rex font du trafic d'armes et que cette histoire d'acheter des armes pour Dieu est une grosse arnaque.

— Non, Eli est quelqu'un de bien. Pourquoi est-ce que ton père dit ça ?

— Mon père connaît les gens. Il les connaît par cœur. Il a fait la guerre. Eli est mauvais pour ta mère. De quoi allez-vous vivre si ta mère ne travaille plus ?

— Ma mère dit que ton père est membre du KKK, ai-je dit en représailles.

Je n'aurais jamais dû dire ça, même si c'était vrai.

Avril May a fermé la bouche. Elle a jeté son mégot dans la rivière. J'ai su qu'il allait couler jusqu'à son lit tout pavé de balles, là où la brosse à dents Jésus sur la croix du pasteur Rex était ensevelie sous la crasse, la boue et les restes de poudre.

— Ta mère dit que mon père est membre du KKK ? a répondu Avril May. Ah oui ? Vraiment ? C'est une sorcière ou quoi ?

Je savais que j'aurais dû me taire. J'aurais voulu reprendre les mots jetés dans l'air et me les remettre de force dans la bouche.

— C'est pas vrai, a dit Avril May. Ta mère se trompe. Je vais poser la question à mon père tout de suite.

— Non, elle ne se trompe pas, ai-je répondu. Et comment tu le saurais qu'il ne l'est pas ? Est-ce qu'il y a une seule personne noire qui vit ici ? Moi je n'en vois pas. Ton père contrôle tous ceux qui vont et viennent dans les parages. Ma mère dit que tes parents sont racistes et que nous sommes amies avec vous tous ici parce que nous n'avons pas d'autre choix.

Je ne parvenais plus à m'arrêter, même si je savais que j'aurais dû. Les mots sortaient de moi en même temps que mon souffle et se dispersaient au-dessus de la rivière, au-dessus des palmiers, jusqu'aux nuages et par-dessus l'océan. Je ne pouvais plus les reprendre.

La lettre K n'était pas une lettre ordinaire. On aurait dû la supprimer de l'alphabet en la découpant avec un couteau.

14

Ma mère a vite oublié les menaces de la police et n'a plus parlé de mettre la voiture ailleurs. Elle était tout le temps avec Eli.

Je n'avais pas d'autre endroit où me réfugier que la caravane abandonnée.

Le plus souvent, j'allais directement de l'école à la caravane et je faisais mes devoirs là-bas, ou bien j'y lisais un livre. Parfois, je me contentais de rester allongée sur le lit du dessous et je fumais une cigarette prise dans ma provision fournie par Eli.

Il ne m'a pas fallu longtemps pour me rendre compte que quelqu'un d'autre utilisait la caravane le matin pendant que j'étais à l'école. Au début, je trouvais un nouveau mégot de cigarette dans l'évier, ou un Kleenex roulé en boule sous une fenêtre, ou un journal abandonné sur le lit.

Une fois, même, il y avait l'urine jaune clair de quelqu'un dans la cuvette des toilettes.

Et puis les armes ont fait leur apparition. Au début, c'étaient deux fusils de chasse posés en travers du lit.

Les jours suivants, la couchette du haut s'est remplie jusqu'au plafond de fusils de chasse, de mitraillettes et de pistolets. Puis la couchette du dessous s'est retrouvée pleine aussi. Très vite, les armes sont devenues des empilements de ferraille sur chacun des lits.

Après deux semaines, le nombre d'armes avait tellement augmenté que la personne chargée de les entreposer avait commencé à les trier en deux catégories. Le lit du haut était réservé aux mitraillettes et celui du bas aux carabines. Les pistolets et armes de poing étaient à présent rangés dans deux grandes boîtes qui occupaient presque tout l'espace entre la chambre et la cuisine de la caravane.

À présent, je ne pouvais plus m'allonger sur le lit pour faire mes devoirs, alors je m'asseyais dans la cuisine ou sur le plan de travail, pour remplir mes cahiers d'exercices ou pour étudier les textes que je devais lire. De temps en temps, je m'arrêtais de travailler pour jeter un coup d'œil à la collection d'armes à feu.

De là où j'étais, je pouvais aussi voir par la fenêtre l'aire de jeux abandonnée avec son vieux portique à balançoires et son toboggan.

Un jour, j'ai eu tellement envie de dormir que je me suis étendue sur le comptoir et que j'ai posé ma tête dessus. Dans mon demi-sommeil, j'ai entendu les armes qui parlaient.

Elles m'ont parlé d'une fillette de sept ans et d'un homme de vingt-deux ans abattus une fusillade depuis une voiture, de deux adolescents tués par des flics, d'un enfant de deux ans tué lors de coups de feu en rapport avec un gang dans un parc, de vingt enfants tués dans un bus scolaire, d'une mère morte dans un supermarché, de deux femmes tuées dans un parking, de vingt adolescents abattus dans un cinéma, d'une fille de dix ans tuée dans une bibliothèque, de cinq étudiants massacrés lors d'un match de football américain, de neuf personnes sur qui on avait tiré au cours d'une réunion de prières dans une église, d'une mère et de sa fille tuées dans une voiture, de quatre religieuses abattues à un arrêt de bus, de huit fillettes de huit ans touchées lors d'un cours de danse, de deux policiers abattus dans leur voiture et d'une fille de neuf ans touchée dans une aire de jeux, puis touchée encore et encore, les balles éclatant les arbres, qu'elles réduisaient en charpie, de quatre-vingt-dix trous dans le ciel faits par une mitraillette, d'une fusillade lors d'une averse tuant des gouttes de pluie, de vingt balles pour la lune, de mots brisés par des coups de feu, de mots traversés par des balles de sorte que l'alphabet devenait ABCLRSTXZ, d'amants tombés, de larmes et de balles par terre, ma chérie, mon seul trésor, ma toute petite, mon unique, nous sommes tous uniques et tous seuls et apeurés et nous cherchons tous partout les balles de l'amour.

Puis, dans le rêve de la chanson des armes à feu, j'ai entendu quelqu'un monter lentement les marches de la caravane.

J'ai levé la tête et vu la poignée de la porte qui tournait. J'ai entendu qu'on tâtonnait. Quelque chose est tombé, quelqu'un l'a ramassé. Puis un coup de pied a ouvert la porte.

Corazón est entrée. Elle portait six fusils de chasse dans ses bras comme on porte des bébés. Elle s'est tournée vers le tas d'armes et les a déposés sur l'amoncellement de fusils, sur le lit du bas. Au moment où elle allait partir, alors qu'elle se dirigeait vers la porte, elle m'a vue.

— *Ay*, bébé, a-t-elle dit en portant la main sur son cœur. Tu m'as fait peur. Tu ne fais pas de bruit.

— Corazón ?

— Si, bébé, si. *¿Que hacés aquí ?* Qu'est-ce que tu fais là ?

Elle est venue vers moi. Elle pouvait voir les pages de mon livre de classe ouvertes sur le plan de travail.

— Pourquoi tu es ici ?

— Je fais mes devoirs.

Elle a fait oui de la tête. Elle savait. Tout le monde savait pour ma mère et Eli.

Corazón s'est approchée de moi. Elle a souri et ses grands yeux marron sont devenus plus petits. Elle m'a tendu la main.

— Allez, tu ne peux pas être ici. *Ay*, bébé, a-t-elle dit. Tu fais tes devoirs dans ma maison, oui ?

Elle m'a effleuré la tête et a passé ses doigts dans mes cheveux.

— Tes cheveux sont doux, a-t-elle dit. Si blancs, comme la farine.

Corazón m'a caressé la tête, lissant mes frisottis blond-blanc.

— Tu ne restes pas ici, a-t-elle dit, et elle m'a prise dans ses bras.

J'étais si petite et si maigre que tout le monde voulait toujours me porter comme si j'avais six ans.

— Maintenant on va dans ma maison, a dit Corazón. Elle t'attend et j'ai des M&M's.

L'anglais de Corazón n'était pas mauvais, mais elle ne comprenait jamais que les objets en anglais n'avaient ni masculin ni féminin, alors elle disait toujours il et elle.

J'ai enroulé mes jambes autour de sa taille et mes bras autour de son cou. Tout en me portant d'un bras, elle a ramassé mon livre de classe et l'a glissé sous son autre bras.

Corazón sentait le liquide vaisselle Joy au citron, le savon Dove, la lessive Tide, l'Ajax et le désinfectant pour WC Lysol. J'aurais pu aussi bien me trouver au rayon des produits d'entretien du supermarché.

— Ne reviens jamais ici, tu promets ? a-t-elle dit. Cette caravane, elle est pour mettre les armes.

Corazón m'a emportée avec elle. Nous sommes passées devant le portique et le toboggan et avons contourné les caravanes du pasteur Rex et de Mme Roberta Young.

Corazón me tenait serrée contre elle. Nous avons dépassé le Gremlin et les cinq flamants roses en plastique, et nous sommes arrivées à sa caravane. J'aimais bien être son bébé.

— Ne retourne jamais là-bas, a dit Corazón.

J'ai regardé par-dessus son épaule en direction du champ de poupées de Noelle. Des abeilles voletaient en petits nuages dans leurs cheveux roux et jaunes, à la recherche de pollen.

15

À présent, je ne passais plus mes après-midi et mes soirées dans la caravane abandonnée, à la place, j'allais chez Corazón.

Chez les Mexicains aussi, il y avait des armes partout.

Il y avait des fusils de chasse alignés le long d'un mur, et en piles dans le couloir qui menait aux chambres. Dans les deux chambres se trouvaient des mitraillettes, entreposées sous les lits. Dans le salon, de grands conteneurs remplis de pistolets. Des boîtes de munitions étaient également empilées le long des murs dans presque chaque pièce.

Nous nous asseyions devant le plan de travail. Pendant que Corazón nettoyait les armes qui avaient servi, je faisais généralement mes devoirs. Parfois nous parlions, ou nous écoutions de la musique.

Elle me laissait aussi regarder des séries mexicaines à l'eau de rose à la télévision.

— Les *telenovelas* mexicaines, c'est mieux que la vie, disait Corazón. Quelqu'un les étudiera un jour et on saura que c'est vrai.

Elle me donnait du Sprite à boire et me servait des chips, des Mars, des donuts et des M&M's. Elle me faisait aussi chauffer des sachets de pop-corn dans son micro-ondes. Elle et Ray ne mangeaient que de la *junk food*.

Corazón démontait les armes, puis utilisait un chiffon pour retirer l'épaisse couche de poudre carbonisée et séchée. Elle essuyait aussi toute couche de graisse ou de poudre qui n'aurait pas brûlé. Tandis qu'elle travaillait, les chiffons rouge et blanc devenaient noirs. Ensuite, elle appliquait un solvant qu'elle laissait agir quelques minutes. Souvent, elle devait frotter l'arme entière avec une brosse à dents pour en atteindre les rainures. Puis elle essuyait le fusil avec un chiffon anti-peluches. Parfois, elle utilisait un écouvillon en métal pour racler la moindre trace de dépôt à l'intérieur du canon, et elle passait de l'huile sur les parties qui tournent dans la gâchette, ou elle ajoutait de la graisse sur les parties coulissantes. Elle laissait des seringues de Lubriplate, certaines vides, d'autres pleines, traîner çà et là sur le plan de travail et dans le salon.

Après avoir nettoyé les armes, Corazón attachait une étiquette sur chacune d'elles pour l'identifier. Elle remplissait l'étiquette jaune avec un marqueur noir, qu'elle accrochait autour de la carcasse de la crosse. Elle avait plusieurs catalogues Brownells qu'elle utilisait pour retrouver le type d'arme qu'elle étiquetait. Corazón me laissait l'aider car elle trouvait que j'avais une plus belle écriture que la sienne. C'est comme ça que j'ai appris toutes sortes de choses sur les armes à feu.

Les armes appartenaient au pasteur Rex et à Eli. Ils se les procuraient grâce au programme du pasteur, ou ils les achetaient à des vétérans dans les hôpitaux ou dans des foires aux armes.

Corazón les nettoyait et Ray aidait Eli à les revendre au Texas, mais surtout, il les passait au Mexique.

Elle les nettoyait tout en fumant. Elle avait même un cendrier sur pied à l'ancienne qui débordait de mégots fichés dans du sable fin.

Elle était si gentille qu'un après-midi j'ai osé lui demander si je pouvais fumer aussi. Elle a ri et m'a tendu une cigarette.

À la fin de l'après-midi, vers le crépuscule, la caravane se remplissait de fumée. Corazón me dit que la première chose qu'elle avait faite en s'installant dans la caravane avait été de désactiver cette stupide alarme incendie pour *gringos*.

Quand Corazón ne s'occupait pas des armes, elle faisait le ménage dans sa caravane. Je n'avais jamais vu un endroit aussi propre. Pas étonnant qu'elle sente le détergent et le savon. C'était sa façon à elle de réagir au fait de vivre si près d'une décharge.

Sur un des murs, Corazón avait accroché un grand poster de la chanteuse Selena Quintanilla habillée d'une combinaison-pantalon violette. En haut de l'affiche on pouvait lire : *Selena, reine de la musique Tejano*. Sous le poster, une statuette en plâtre de la Vierge de Guadalupe.

— Voilà les deux femmes que j'aime, disait Corazón.

Elle écoutait Selena tout le temps et rêvait de voir un jour sa tombe.

— Elle est enterrée à Corpus Christi. Ça veut dire le corps du Christ, a dit Corazón. C'est là qu'elle est, à Corpus Christi, au Texas.

Grâce à Corazón, j'ai commencé à mémoriser les paroles des chansons de Selena. Elle m'a dit qu'elle avait été tuée avec une arme à feu par sa manager, alors qu'elle n'avait que vingt-trois ans.

Ma chanson préférée était *Si una vez,* et je la chantais en faisant mes devoirs pendant que Corazón nettoyait les fusils. Il ne lui a fallu que quelques jours à m'entendre fredonner en chœur, pour comprendre que je savais chanter. Je lui ai expliqué que ma mère m'avait élevée aux chansons d'amour.

Corazón a posé la carabine qu'elle était en train de récurer. Elle est allée jusqu'au lecteur de CD et l'a éteint.

— Chante-la encore une fois, Pearlita, a-t-elle dit. Vas-y, chante-la.

Dans la caravane silencieuse, j'ai chanté la chanson, et Corazón a dit :

— Tu es la réincarnation de Selena. Comment tu peux chanter comme une Tejana ? Comment tu arrives à chanter comme une Mexicaine ?

Je savais qu'elle exagérait. Corazón exagérait tout, comme si les mots avaient le pouvoir de changer les choses.

— Je vais tout t'apprendre au sujet de Selena. C'est un revolver Taurus calibre 38 qui l'a tuée. Tu sais, le petit que je nettoyais hier ? Un revolver exactement comme celui-là.

J'ai pensé que si quelqu'un s'était approché de la caravane pendant ces journées, il aurait vu des volutes de fumée de cigarette s'échapper des fenêtres et entendu quelqu'un qui chantait à l'intérieur.

Ray ne m'a jamais dit un mot. Corazón disait que c'était un homme silencieux qui ne parlait pas aux gens. Il ne m'a jamais demandé ce que je faisais chez lui. Corazón m'expliqua que les Mexicains ne laissent jamais une personne toute seule.

— On a même un proverbe pour ça, dit-elle. On dit toujours, mieux vaut être pauvre que vivre seul.

Chaque soir, quand Ray revenait du travail, il entrait dans le nuage de fumée, allumait une cigarette et rejoignait le feu de joie.

16

Quand nous avions fini de nettoyer et d'étiqueter les armes, Corazón aimait bien m'habiller, me maquiller et me mettre du vernis à ongles. Elle aimait aussi me faire des coiffures compliquées en utilisant des accessoires pour cheveux qu'elle achetait chez Walmart.

Ma mère ne me demandait jamais ce que je faisais pendant qu'elle était dans la voiture avec Eli. Je ne lui ai jamais dit qu'Avril May et moi nous nous étions disputées. Et Rose n'a jamais dit à ma mère qu'elle ne me voyait plus, parce qu'après que les deux policiers étaient venus examiner notre voiture, ma mère a arrêté de travailler à l'hôpital, elle n'y est jamais retournée. Elle a laissé derrière elle ses seaux et ses serpillières, avec sa dernière feuille de paie.

Ma mère a expliqué qu'elle avait renoncé à son travail à l'hôpital parce qu'elle ne supportait plus de se trouver confrontée à tant d'hommes blessés.

— Il en arrive sans arrêt, disait-elle. Ça ne finira jamais, jamais tant que la fin du monde ne sera pas arrivée. Pourquoi se donner la peine de travailler ou d'aller à l'école?

Peut-être que tu devrais rester à la maison maintenant. À quoi bon tout ça ?

Un jour, alors que je rentrais de chez Corazón, j'ai vu ma mère debout à côté de la Mercury dans sa chemise de nuit lavande. Elle se trouvait à l'arrière de la voiture, devant le coffre ouvert. Elle était avec un homme que je n'avais jamais vu. Sa voiture était garée à côté de la nôtre.

Ma mère tenait un long morceau de feutrine verte dans ses mains. Elle en sortait une fourchette et une cuillère en argent et les montrait à l'homme pour qu'il les examine. Elle était en train de vendre notre argenterie.

Ma mère bradait nos affaires.

Presque chaque jour, quelqu'un se présentait au camp de caravanes pour vendre des armes au pasteur Rex et à Eli. Lorsque les gens partaient avec une liasse de billets dans la poche, l'argent sale des armes à feu, ma mère les arrêtait et leur proposait d'acheter un objet de notre coffre pour presque rien.

Impossible de l'arrêter.

Avec l'argent du service en porcelaine de Limoges, elle a acheté une boîte de Cheerios, un pot de beurre de cacahuète et une bombe de Raid. Avec la boîte à musique ancienne, deux paquets de protections périodiques Kotex et une boîte de lait en poudre. Le violon nous a payé un tube d'aspirine et du dentifrice.

Elle a vendu toutes les pièces d'argenterie pour vingt-cinq cents l'une.

Je l'ai entendue dire : C'est vraiment donné, à un homme qui venait régulièrement vendre des armes au pasteur Rex.

C'était un type grand et maigre, à la peau rouge profondément brûlée par le soleil. Il portait toujours un jean trop large pour lui. Il le maintenait sur ses hanches avec une ceinture dont l'énorme boucle était percée d'un trou au centre : un décapsuleur de bouteille de bière.

— Écoute-moi, ma jolie. Je viens de vendre une carabine qui a tué un ours. Pourquoi j'aurais besoin d'une petite cuillère, alors que je viens de vendre une *Savage* ?

— Eh bien… pour m'aider un peu, peut-être ? a répondu ma mère.

En l'espace de quelques semaines, tout avait disparu.

J'ai compris que l'étape suivante serait d'attendre avec ma mère à un feu rouge, la main tendue, pour demander l'aumône à la fenêtre des voitures.

La nuit où elle a vendu la dernière assiette en porcelaine de Limoges, nous sommes restées allongées dans le noir, en silence. Dehors, comme c'était le cas plusieurs nuits chaque mois, on entendait le claquement de coups de feu au loin. Cette nuit-là, le bruit semblait plus proche.

— Quelqu'un tire, ai-je dit. Tu es réveillée ? Tu as entendu ?

— Oui, a répondu ma mère. Quelqu'un, à la rivière, est en train de tirer sur le ciel. Il tire sur les anges.

17

L'après-midi du vendredi suivant, le piano est arrivé.

Depuis la fenêtre de la cuisine de la caravane de Corazón, j'ai vu le camion passer devant la décharge et emprunter l'autoroute vers la ville et l'église. Il avait un piano noir peint sur le côté.

C'était le rêve du pasteur Rex qui devenait réalité. Il disait que chanter des cantiques au son d'un lecteur de DVD branché derrière l'autel était un sacrilège. Il pensait vraiment que la plupart des gens vont à l'église pour la musique.

— La musique est ce qui nous élève vers Dieu, disait-il.

Le pasteur Rex avait réussi à tous nous convaincre de donner de l'argent et d'organiser des levées de fonds pour acheter un piano. Il lui avait fallu plus d'un an pour accomplir cette mission. Finalement, il avait réussi à acheter un vieux piano des années cinquante.

— Voici le cadeau que Dieu nous fait à tous, disait-il.

Personne à l'église ne savait jouer du piano sauf le pasteur Rex, alors il avait accepté à la fois de jouer et de conduire le service religieux.

Le vendredi où le piano est arrivé, un gros orage s'est abattu sur nous.

Corazón et moi avons regardé le déluge depuis la fenêtre de la cuisine. On pouvait voir la caravane de Mme Roberta Young et le champ de poupées de Noelle.

L'orage a duré une vingtaine de minutes. La pluie tombait à grosses gouttes, puis les gouttes sont devenues de petits cailloux de glace. Quand la pluie s'est arrêtée, tout était blanc.

Corazón et moi sommes sorties. L'air était humide et propre, comme si tout avait été lavé. Les poupées Barbie étaient ensevelies sous des tas de grêlons.

— Regarde là-bas. Regarde la décharge, a dit Corazón.

C'était à présent une montagne blanche.

Ce dimanche, tout le monde est allé à l'église pour voir le piano. Même Corazón, Ray et ma mère ont fait une exception et se sont rendus dans une église protestante rien que pour voir et entendre l'instrument.

Ma mère portait des gants blancs qui lui montaient jusqu'aux poignets, qu'elle avait trouvés dans un vieux sac en plastique qui contenait aussi des bas qu'elle n'avait jamais mis.

— C'est une honte que les femmes ne portent pas de gants à l'église, disait-elle.

Ce dimanche-là, l'église était pleine à craquer. Je n'avais jamais vu autant de gens dans l'assistance. Tout le monde était venu pour écouter le piano.

Depuis notre banc, j'apercevais Avril May et ses parents. C'était la première fois que je la revoyais en dehors de l'école depuis notre dispute. Manifestement, elle avait raconté au sergent Bob et à Rose que ma mère pensait qu'il était membre du Ku Klux Klan, car ils ne sont pas venus nous voir comme ils l'auraient fait en temps normal.

Tout devant, Noelle et Mme Roberta Young étaient assises à côté de Corazón et de Ray. Pour l'occasion, Corazón avait attaché ses longs cheveux noirs et bouclés et s'était fait un chignon rond sur le sommet du crâne. Elle arborait un accroche-cœur parfait au milieu du front. Elle avait aussi noué un ruban rose autour de son chignon. C'était un authentique look à la Selena.

Eli s'est avancé dans l'église avec le pasteur Rex.

Tous les gens que je connaissais en ce monde étaient rassemblés pour la première fois en un seul et même lieu. J'ai pris la main de ma mère et je me suis rendu compte que nous ne nous étions pas donné la main depuis longtemps.

Lorsque ma mère a vu Eli, elle a dit :

— Oh, il est là, il est là. Il est venu. Oh, ça, c'est bien.

Eli est venu nous retrouver et s'est glissé à côté de ma mère qui s'est retrouvée assise entre nous deux. Elle a posé sa main sur sa cuisse comme si elle s'accrochait à une rampe ou à un garde-fou. Comme si cela pouvait la stabiliser. Quand elle a entendu qu'on amenait les vétérans blessés au fond de l'église, elle a fermé les yeux et s'est endormie au son du cantique des béquilles et des fauteuils roulants.

Eli s'est penché vers moi et m'a chuchoté :

— Est-ce que tu crois qu'elle se sent bien ?

— Elle a sommeil. Elle va jouer quelque chose au piano. Elle vous l'a dit ?

Eli a pris son paquet de cigarettes dans la poche poitrine de sa chemise. Il l'a tapoté contre son poignet jusqu'à ce que quelques cigarettes en sortent. Il m'en a donné une. Eli m'a donné une cigarette parce qu'il savait qu'on pouvait m'acheter. Il connaissait le prix. Il suffisait d'une cigarette pour me rendre heureuse.

J'ai glissé la Camel dans ma manche.

Avant que le service ne commence, le pasteur Rex a annoncé depuis la chaire qu'il s'intitulerait : « Louange à Dieu pour le piano ».

— Nous avons notre piano à présent, a-t-il dit. Le Seigneur nous a accordé sa bénédiction.

Tous ont applaudi.

Durant le service religieux, le pasteur Rex a quitté sa chaire et s'est mis au piano pour jouer les cantiques. Au début, tous étaient silencieux et se penchaient en avant pour mieux entendre la musique, mais le pasteur ne jouait pas très bien et faisait beaucoup d'erreurs. Il ralentissait souvent au milieu d'un morceau, s'approchant de la partition pour tenter de déchiffrer les notes. Du coup, personne n'arrivait à chanter avec lui.

L'enthousiasme initial s'est transformé en un silence embarrassé. L'église était devenue un théâtre dont l'échec du pasteur Rex était le spectacle.

À la fin du service, ma mère et moi sommes restées assises tandis que l'assistance sortait du bâtiment en file indienne. Même le pasteur Rex est sorti pour dire au revoir à tout le monde.

La veille, ma mère m'avait promis qu'elle jouerait pour moi, mais elle était inquiète. Il y avait tant d'années qu'elle n'avait pas touché un piano.

Eli s'est levé.

— Vous ne restez pas pour écouter ma mère ? lui ai-je demandé.

— Je suis sûre que c'est joli de chez joli, a-t-il dit. Mais je l'écouterai une autre fois. J'ai quelque chose à dire à Ray.

Et Eli nous a tourné le dos et s'est dirigé vers la porte.

Il pensait probablement que ma mère allait jouer *Au clair de la lune* et *Meunier tu dors*.

Le pasteur Rex aussi a quitté l'église rapidement sur les pas d'Eli.

Ma mère ne s'est pas retournée. Elle a juste fermé les yeux et, après quelques minutes, a demandé :

— Est-ce qu'ils sont tous partis ?

— Presque tous, ai-je dit.

Nous nous sommes levées et avons remonté la nef jusqu'au piano.

Comme elle était toute petite, ma mère a d'abord poussé le tabouret tout près de l'instrument, afin de pouvoir atteindre les pédales.

Une fois que tout était en place, elle a lentement retiré ses gants et me les a donnés à garder. Je les ai fourrés dans la poche de ma robe.

Elle s'est assise au piano. Le petit spot accroché au-dessus de l'autel a illuminé ses cheveux jaunes. Elle a posé ses doigts sur les touches blanches et noires. Ses mains étaient étoilées de taches de rousseur et ses ongles étaient peints avec du vernis Moon-Blue. La bague d'opale bleue que lui avait offerte son professeur de piano participait à la constellation.

Ma mère a levé les mains et les a posées doucement sur le piano. Elle a joué le premier accord.

Ceux qui n'avaient pas encore quitté l'église se sont figés. Quelques-uns des soldats blessés encore assis au fond ont fermé les yeux. Avril May, qui avait presque passé la porte, s'est arrêtée pour écouter. Ceux qui n'étaient pas encore allés très loin et qui ont entendu les premières notes sont revenus sur leurs pas et ont écouté en silence.

Un seul accord peut faire s'arrêter le monde.

Ma mère a joué l'opus 18 du *Concerto n° 2 en do mineur* de Rachmaninov. Je l'avais entendu à la radio quelques fois, et elle l'avait souvent fredonné tout en pianotant le morceau sur le tableau de bord de la voiture.

Dans l'église, les mains de ma mère se sont ouvertes et ses doigts ont réussi à atteindre des octaves entières.

Elle penchait la tête et la musique sortait d'elle. Ses mains volaient, retombaient, mouraient tandis qu'elle les promenait au-dessus du clavier.

Ma mère jouait, et la mélancolie et la beauté russes se sont abattues comme une obscurité sur la Floride, et ont métamorphosé l'État du Soleil en l'endroit le plus triste au monde.

18

Le lundi matin, le lendemain du jour où ma mère s'était assise au piano à l'église, nous avons parlé un moment dans la voiture avant de nous lever.

Depuis l'intérieur de la Mercury, le bruit des grillons et des oiseaux se mêlait à celui des camions et des voitures qui passaient sur l'autoroute.

Ma mère a dit :

— Je faisais toujours attention à mes mains, autrefois. Je l'avais oublié. J'évitais les marteaux et les clous, et d'avoir à ouvrir les bocaux. J'avais peur de me coincer les doigts dans une porte ou de me couper avec un couteau de cuisine.

— Tu crois qu'on pourrait retourner à l'église aujourd'hui ? Après l'école ? ai-je demandé. J'aimerais encore t'entendre jouer.

— À présent, j'utilise mes mains comme si elles n'avaient plus aucune valeur.

— On retournera à l'église cet après-midi. Quand je serai rentrée de l'école.

— Oui, avant la tombée de la nuit.

Mais la tombée de la nuit n'est jamais venue, parce que ce jour-là n'a pas eu de nuit. Le soleil a dévoré le jour.

C'est Noelle qui m'a raconté ce qui s'était passé.

Noelle était sortie quelques minutes pour accrocher des vêtements sur le petit fil à linge tendu entre sa caravane et un arbre.

Elle a tout vu, tout entendu.

— En vérité, tu ne sais jamais quand c'est ton dernier jour, a dit Noelle. Tu ne le sais jamais.

Elle m'a raconté qu'après mon départ pour l'école, ma mère est sortie de la Mercury et a quitté le parking des visiteurs par la porte principale pour entrer dans le camp de caravanes.

Un jeune homme était assis sur la balançoire en plastique fendue, dans l'aire de jeux, et se balançait doucement d'avant en arrière. Il avait des cheveux bouclés, des yeux bleus et portait un gros pull en laine noir. Il avait un pistolet dans la main droite. Eli était debout à côté de lui et ils discutaient. Noelle n'entendait pas ce qu'ils se disaient.

Lorsque ma mère s'est avancée pieds nus en direction des toilettes du camp, le jeune homme s'est levé de la balançoire et, en quelques rapides enjambées, s'est approché d'elle.

Noelle a dit qu'Eli a crié le nom de ma mère.

Ma mère s'est arrêtée de marcher quand elle a vu l'arme dans la main du jeune homme.

Noelle a dit que le garçon et ma mère étaient suffisamment proches pour qu'elle entende tout ce qui s'est dit.

— Pourquoi vous portez une chemise de nuit, madame? a demandé le jeune homme.

— Je viens de me réveiller.

— Vous vous promenez en pyjama?

— J'habite ici, a dit ma mère.
— Pourquoi vous n'avez pas de chaussures ?
— Il fait chaud.
Ensuite, il a levé l'arme et l'a pointée sur ma mère.
— Vous allez tirer sur moi, a-t-elle dit.
— Oui.
— Je comprends, c'est ce qui va se passer.
— Oui, a-t-il répondu. À partir d'aujourd'hui, j'annonce des choses nouvelles.

Je sais que le cœur empathique de ma mère s'est embrasé quand il a commencé à tirer.

Ma mère savait qu'il avait traversé les États-Unis en stop, de la Californie jusqu'à la Floride, pour savoir si l'amour existait en Amérique.

À l'intérieur de son corps, ma mère était capable de voir des trains électriques, des bonbons d'Halloween et des pistolets en plastique, et même une carabine à air comprimé pour tuer les oiseaux.

Elle sentait les coups de soleil sur ses épaules.

Ma mère savait que ce jeune homme avait juste besoin d'amour. Il avait besoin qu'une fille le prenne par la main et l'attire dans son lit.

L'amour n'existait pas en Amérique.

Ma mère a marché vers le revolver qui tirait sur elle, comme si elle entrait dans la pluie d'un arroseur automatique, par un jour chaud de juillet, en Floride. Mouille-moi, mouille-moi, tue-moi, tue-moi, mouille-moi, tue-moi.

DEUXIÈME PARTIE

19

Monsieur Ne Reviens Pas était revenu.

Tandis que j'écoutais le récit de Noelle, je savais exactement à quoi ma mère pensait au moment où elle avait été tuée. J'avais hérité de ce que Rose appelait sa « maladie d'empathie ». Elle me l'avait transmise comme sa peur des fuites de gaz.

J'ai tout appris de Noelle lorsqu'elle est venue me chercher au collège. Je ne l'avais encore jamais vue à l'extérieur du camp de caravanes, sauf à l'église.

Le jour de la mort de ma mère, alors que je sortais du bâtiment, j'ai vu Noelle qui marchait vers moi de sa démarche raide, sur la pointe des pieds, façon Barbie.

— On ne peut pas rentrer seul, a dit Noelle.

— Pourquoi ?

— Le silence est aussi un jugement, a-t-elle répondu. Un lapin peut avoir peur de la lune. La mort s'invite dans chaque maison.

— Dis-moi, s'il te plaît. Parle clairement.

— Un gamin armé d'un pistolet a tué ta maman. J'ai tout entendu. J'ai tout vu.

Au début je n'ai rien dit.

— Tu as entendu ce que j'ai dit ? Margot a été tuée. Un gamin armé a tué ta maman, Pearl. Elle est morte.

Au début je n'ai rien dit. Ensuite, j'ai été tellement reconnaissante à mon cœur de battre tout seul, parce que je savais que si j'avais dû le faire fonctionner, je n'en aurais jamais été capable. Ces battements indépendants de mon cœur, des battements qui se faisaient même si une chose terrible venait de se produire, m'ont fait éprouver de la tendresse pour mon corps et pour ma vie insignifiante.

Alors que nous marchions le long de l'autoroute en direction du camp de caravanes, Noelle m'a pris la main. J'avais quatorze ans, mais je n'avais pas besoin de faire le calcul pour savoir combien de personnes m'avaient un jour tenu la main avant cet instant. Je n'avais pas besoin des mathématiques. La main de Noelle dans la mienne paraissait si grande comparée à celle de ma mère, qui était minuscule, comme celle d'une enfant.

Souvent, ma mère m'avait dit qu'elle espérait que je mourrais avant elle.

— Tu ne pourrais pas survivre à la vie sans moi, avait-elle expliqué. Ça te ferait trop mal. Il n'y a même pas encore de chanson pour ça. J'espère, Pearl, que tu mourras la première.

Ma mère avait raison. J'aurais dû mourir la première.

— Eli est parti au commissariat de police, a dit Noelle.

— Qu'est-ce qu'il a à voir avec tout ça ?

— Rien. Enfin, il a vendu le pistolet au garçon et il était là quand c'est arrivé. Enfin, il ne l'a pas vraiment vendu, c'était un échange. Ce gamin lui a donné sa ceinture avec la boucle en argent en échange de l'arme. Et même qu'Eli la portait quand les flics sont venus l'embarquer. Elle était belle. Elle était en argent avec un aigle doré gravé au milieu.

Après que Monsieur Ne Reviens Pas nous avait quittées, il manquait à ma mère. Son départ lui avait fait ressentir d'autant plus l'absence de son propre destin.

Quel que soit l'endroit où était Eli, il marchait la tête haute comme s'il nous avait tous dépouillés de notre bonne fortune. Jamais il ne retournerait ses poches pour nous aider. Je connaissais la chanson.

— Je suis désolée, a dit Noelle. J'aurais dû être ton amie et maintenant c'est trop tard. Qui sait où tu vas vivre à présent ? C'est après qu'on se dit qu'on aurait aimé être gentil. J'aurais dû te faire un gâteau et te l'apporter dans ta voiture ou te laisser prendre une douche dans notre salle de bains. Je n'ai pas pensé à toutes ces choses. J'aurais dû te donner quelques-unes de mes poupées. Je ne me suis pas rendu compte que toi et Margot vous comptiez pour moi.

Je n'ai rien dit. J'ai écouté mon cœur. Il battait comme si chaque battement était ce même terrible jour.

— Je suis désolée, a répété Noelle. J'ai tout vu. Ta mère a essayé d'arrêter les balles avec ses mains.

J'ai regardé Noelle. Dans l'échancrure de son chemisier, à l'endroit entre ses seins qu'elle utilisait comme une poche, il y avait une hirondelle morte.

Dans la Mercury se trouvait une jeune femme des Services de protection de l'enfance habillée en bleu qui m'attendait. Elle était assise du côté passager, la portière grande ouverte, en train de remplir un formulaire sur ses genoux. Elle ne savait même pas qu'elle était installée dans ma chambre.

Alors que Noelle et moi approchions, la femme est sortie de la voiture.

Elle a dit :
— Tu dois être Pearl.
J'ai fait oui de la tête.
Je n'arrivais toujours pas à parler. C'était comme si une sorte de superstition avait pris possession de moi, une superstition dont je ne savais même pas qu'elle était là. Je me disais : si je parle, tout sera vrai. Les mots prononcés se métamorphoseront en une vérité vécue.
Le camp de caravanes était très silencieux.
— Presque tout le monde est parti au commissariat pour faire une déposition sur ce qu'ils ont vu ou entendu, a dit Noelle. Ils ont déjà parlé avec moi, parce que je suis la seule personne à avoir tout vu. La vie est pleine de surprises. Quant à Eli, il n'est même pas considéré comme un témoin, a dit Noelle, comme si elle savait à quoi je pensais. Il fait partie de toute cette histoire, pourtant. C'est lui qui a fourni l'arme au garçon. Qu'est-ce qu'ils fabriquaient là-bas, de toute façon, à la balançoire ?
Je ne parlais pas, mais j'ai mis le nom d'Eli au fond de ma poche comme une chose à laquelle je réfléchirais plus tard.
La femme des Services de protection de l'enfance est allée à sa voiture, qui était garée juste derrière la Mercury, et a sorti du siège arrière un gros sac militaire en toile vert et vide.
— Va à ta voiture, petite, et fais tes bagages, a-t-elle dit.
Elle a ouvert son coffre.
— Mets tes affaires là-dedans, a-t-elle ordonné.
Puis elle s'est assise dans sa voiture, derrière le volant.
Noelle a dit :
— Je vais t'aider.

160

Je n'entendais toujours aucun mot sortir de moi.

Noelle a tenu le sac militaire ouvert pendant que j'y mettais mes sacs de vêtements, de poupées et de livres, ainsi que tous les sacs de supermarché en plastique de ma mère remplis de ses affaires.

J'ai arraché mon dessin du Système solaire qu'on avait collé sur le dos du siège conducteur, et je l'y ai mis aussi.

Ma mère disait toujours que j'étais quelqu'un de futé, alors j'ai glissé la main sous le siège et j'en ai sorti le petit pistolet noir qu'Eli nous avait donné.

Je n'ai pas regardé Noelle, mais je sais qu'elle l'a vu, parce qu'elle a dit :

— Hé, Pearl, fais attention avec ce truc. Tu ferais mieux de ne pas le prendre.

Noelle me connaissait depuis toute petite, mais elle ne semblait toujours pas savoir que « tu ferais mieux de ne pas » étaient mes six mots préférés.

J'ai enfoncé le pistolet d'Eli tout au fond du sac et j'y ai ajouté ma collection de choses trouvées dans la décharge.

Après avoir tout retiré de la voiture, il ne me restait plus qu'une chose à prendre. J'ai tiré sur la manette qui ouvrait le coffre et j'ai fait le tour. J'ai regardé à l'intérieur. Tous nos trésors avaient disparu. Ma mère les avait tous vendus pour rien. J'ai contemplé l'espace vide qui avait contenu notre argenterie, notre service de porcelaine de Limoges et les verres à vin en cristal, le violon, la boîte à musique, le bateau chinois sculpté dans la défense d'éléphant et la pochette en soie de ma mère avec ses bijoux.

La seule chose qui restait était la longue boîte recouverte de soie avec un ruban jaune. Elle ne rentrait pas dans le sac, mais je l'ai prise quand même.

J'ai refermé le coffre, j'ai refait le tour de la voiture, et j'ai vérifié que les vitres étaient bien remontées et les portières fermées.

J'ai laissé la clé sur le contact. Nous n'avions jamais tourné cette clé pour aller nulle part. Nous étions restées garées là, pendant presque quinze ans.

— Tu as fini ? a crié la femme en baissant sa vitre. Il est tard. Allons-y. Monte dans la voiture.

Noelle m'a accompagnée jusqu'à la portière côté passager et l'a ouverte.

— Tu sais, Pearl, a-t-elle dit, on aimait tous ta mère ici, même si elle n'était pas des nôtres. Je crois que ma mère a dit ça d'elle, une fois.

J'ai acquiescé.

— Tu vas faire un très long voyage, a dit Noelle en me tendant un chewing-gum Trident. Tiens, prends, c'est tout ce que j'ai.

J'ai mis le chewing-gum dans ma bouche et j'ai fermé la portière.

L'espace d'une seconde, j'ai appuyé ma paume sur l'intérieur de la vitre et Noelle a fait pareil à l'extérieur.

Si Avril May avait été là elle aurait dit :

— Cette Noelle pense à Eli, elle pense qu'elle a une chance maintenant que ta maman est morte. Dès demain, elle sera en train de lui faire des gâteaux. Dès demain, elle se mettra du parfum. Elle sera son épaule pour pleurer.

La femme des Services de protection de l'enfance a tourné la clé de contact et a démarré. L'air glacé de la climatisation est entré dans la voiture tandis que le parfum *Wintergreen* du chewing-gum a rempli ma bouche d'un goût de pommes de pin.

— J'aime quand il fait bien froid ici, j'espère que ça ne te gêne pas, a dit la femme.

Elle est sortie en marche arrière du parking visiteurs et s'est éloignée de la pancarte qui disait «Bienvenue au camp de caravanes d'Indian Waters». Puis elle a tourné le volant vers la droite pour entrer sur l'autoroute.

Quand nous sommes parties, j'ai pensé un instant me retourner sur le siège pour regarder par la vitre arrière, mais je ne l'ai pas fait. Il n'y avait personne pour me faire un signe, un au revoir.

Dans la voiture, la femme a dit :

— Comme je le dis à tous les gamins que je ramasse, s'il te plaît, ne va pas m'appeler chaque fois que tu tombes et que tu t'écorches le genou. Je suis ton assistante sociale. Tu es un de mes dossiers. Je ne suis pas un lointain parent, une tante ou que sais-je encore, non, non, ou encore Mary Poppins. Je t'emmène chez ta famille d'accueil. Donc, tu ne m'appelles que s'il y a une urgence. Mets ta ceinture.

Je n'ai pas répondu. J'ai bouclé ma ceinture. J'ai regardé par la fenêtre. J'ai mastiqué le chewing-gum de Noelle.

— Bon, évidemment, tu te demandes si tu peux voir ta mère. Tous les gamins dont j'hérite veulent la même chose, parce qu'ils ne croient pas à la mort. Alors écoute-moi bien, ça ne va pas être possible. Personne ne va te laisser la voir, ma petite. Elle est pleine de trous. Non, je ne l'ai pas vue, pas personnellement, non, mais c'est ce que j'ai entendu. Un des flics a dit que ta mère était pleine de trous.

Je n'ai pas répondu.

— Pourquoi tu ne dis rien, hein ? Tu es sourde ? Tu es bizarre et tu ne parles pas ? Tu ne pleures même pas pour ta maman ? Je ne vois pas de larmes qui mouillent ta figure, là.

Je n'ai rien répondu.

— Bon, si tu ne parles pas, tu peux peut-être lire, alors. Tiens, voilà ton dossier. Lis-le pour toi-même. Ces papiers te diront tout ce que tu as besoin de savoir.

Une main sur le volant, la femme s'est retournée et s'est mise à tâtonner sur le siège arrière. Elle m'a passé quelques pages agrafées dans un dossier jaune. Puis elle m'a emportée loin de ma voiture-maison, loin de la rivière assassinée, de la décharge et du portique à balançoires.

Elle a allumé la radio et m'a arrachée à mon enfance.

Si ma mère avait été avec nous sur le siège arrière, elle aurait dit :

— Tu crois que tu as eu ta dose de tragédie, et voilà. Tu crois que la situation ne peut pas être pire et qu'à présent tu es sauvée. Mais la tragédie, ce n'est pas comme un médicament. On ne te donne pas une dose définie, dans une cuillère ou dans un comprimé. La tragédie s'invite en permanence.

Et cette fois, ce n'était pas pour faire semblant. Cette fois, je quittais vraiment le camp de caravanes, je partais sur l'autoroute en direction de Sarasota. Au premier feu, nous avons tourné à gauche, puis encore à gauche, puis à droite sur la bretelle de sortie, et nous sommes passées dans la rue bordée de palmiers et devant le Walmart. Mes yeux suivaient la ligne blanche sur l'asphalte au milieu de la route. Cette longue ligne blanche était une rivière qui allait des chutes du Niagara directement au golfe du Mexique.

Ma mère aurait dit :

— Allez, pied au plancher. Comme ça, on aura une amende. Laissons de la gomme sur le bitume.

Mon esprit était un livre de grammaire rempli de points d'interrogation. Qui l'avait tuée ? Pourquoi ? Comment était-ce arrivé ? Et où allais-je ? Y avait-il quelqu'un pour se soucier de moi ? Est-ce que j'allais pouvoir voir ma mère ? Où est-ce que j'allais vivre ? Est-ce que je reverrais jamais Avril May ou Corazón ? Où était Eli ? Est-ce qu'ils chercheraient ma famille maternelle ? Et où irai-je à l'école ? Au fond, à qui est-ce que j'appartenais ?

J'ai ouvert le dossier sur mes genoux et j'ai lu la partie qui était une photocopie d'un rapport de police. Il n'avait été versé au dossier que quelques heures plus tôt. Ma mère avait été tuée seulement quelques minutes après que j'étais partie pour l'école. Elle était morte depuis sept heures. Pendant sept heures j'avais vécu en croyant que j'étais dans ses pensées.

J'ai lu chaque mot de mon dossier.

La première page contenait le rapport d'un policier : Femme blanche entre vingt-cinq et trente ans. Touchée à vingt reprises à l'entrée du camp de caravanes d'Indian Waters. Tenté de trouver son pouls mais pouls absent. Aucun témoin de la fusillade ne s'est présenté spontanément, mais des coups de feu ont été entendus à 8 h 15. Plusieurs résidents ont dit avoir entendu au moins vingt détonations. Rose Smith et son mari, le sergent Bob Smith, ont dit qu'ils n'y avaient pas prêté attention au motif qu'on entend souvent des coups de feu dans le secteur, car les gens aiment tirer sur les alligators dans la rivière. Rose Smith a dit que la victime était Margot France et qu'elle était sans domicile fixe, vivant avec sa fille Pearl dans la Mercury garée à l'extérieur du camp de caravanes. Corazón Luz et son mari Ray Luz, eux aussi des résidents, ont déclaré tous les deux qu'ils n'étaient pas chez eux au moment des faits. Le pasteur Rex Wood, également résident, a dit qu'il n'avait rien entendu. Le tireur a été trouvé mort par terre à côté de la victime. Sur son permis de conduire, délivré en Californie, on lit les informations suivantes : *Nom : Paul Luke Mathews, sexe : masculin, race : blanche, yeux : bleus, taille : 1,82 m.* Mathews semble s'être rendu au camp de caravanes pour vendre son arme dans le cadre d'un programme anti-violence de rachat d'armes à feu, organisé par l'église locale. Mathews aurait apparemment tué la victime, identifiée par les voisins comme étant Margot France, avant de retourner l'arme contre lui. Le périmètre a été délimité et protégé avec du ruban PVC jaune pour scène de crime.

Ma mère avait été tuée vingt fois.

Pendant que je lisais le rapport, la voix de Laura Nyro chantant *Wedding Bell Blues* est sortie des haut-parleurs. C'était l'une des chansons préférées de ma mère.

Sur la deuxième page de mon dossier il n'y avait qu'une seule phrase. Elle déclarait : « La seule parente de la victime est sa fille, Pearl France. »

Ma vie tenait en onze mots.

J'ai refermé le dossier et j'ai regardé par la fenêtre.

J'ai retiré le chewing-gum de Noelle de ma bouche et je l'ai collé sous le siège. Mes doigts ont rencontré plusieurs autres boules dures qui avaient été laissées là. La voiture de cette assistante sociale était un véritable cimetière de chewing-gums d'enfants.

La femme a monté le son de la radio. Elle voulait sans doute s'assurer que la musique ne permettrait aucune conversation. Je suis sûre qu'elle en avait par-dessus la tête de devoir parler à des enfants en déshérence.

La voix de Laura Nyro remplissait la voiture et aucun autre son ne parvenait à s'y faire une place.

Alors que nous nous éloignions du camp de caravanes, de la Mercury, d'Avril May et de Noelle, une pluie fine a commencé à tomber. Je sentais notre terre perdue, perplexe qui s'inclinait vers moi. Une trouée dans les nuages a illuminé l'habitacle de la voiture. J'ai senti que les arbres se penchaient, que la route s'élevait, et même le soleil de midi de Floride semblait se rapprocher de mon orbite.

Tandis que les gouttes de pluie tachaient la vitre, j'ai entendu la voix de ma mère. Elle m'emplissait comme une chanson. Elle disait :

— Lorsqu'une petite fille perd sa mère parce qu'un étranger l'a prise pour cible, même la pluie tombe avec grâce.

20

Le foyer d'accueil était une grande maison de deux étages entourée d'un jardin dans la banlieue de Sarasota.

Alors que nous approchions de la maison, l'assistante sociale a éteint la radio. Elle a expliqué que la maison appartenait à M. David Brodsky. Lui et sa femme, qui était morte quelques années plus tôt, avaient accueilli et élevé des enfants pendant des décennies. M. Brodsky accueillait les enfants qui étaient dans une situation d'urgence en attendant qu'on trouve une solution plus permanente.

— Le système ne fonctionne plus. Plus du tout, a dit l'assistante sociale. Normalement, on ne confierait pas des enfants à un homme âgé, on préfère les familles. Mais personne ne prend plus d'enfants. Qu'est-ce que tu veux, faute de grives, on mange des merles. Pas vrai ?

Elle a coupé le moteur.

— M. Brodsky accepte les fusillades parce que ce sont des cas d'urgence. C'est difficile de trouver quelqu'un qui peut t'accueillir si vite. Il y a deux autres fusillades qui y sont actuellement. On vous appelle des fusillades parce que vos parents ont été tués par balle.

Elle a ouvert la portière et s'est penchée en avant pour tirer sur la manette d'ouverture du coffre.

— Écoute, a-t-elle dit, pendant ton séjour, les Services de protection de l'enfance et la police vont faire des recherches pour voir si tu as des parents. Ils n'ont rien trouvé dans ta voiture qui te relie à une famille. Tu es sûre que tu n'as jamais entendu parler de parents ? Une tante ou un cousin ? Est-ce qu'il y a quelqu'un ? Il doit bien y avoir quelqu'un.

J'ai secoué la tête.

— Je ne comprendrai jamais ces familles où il n'y a que deux personnes ! Comment est-ce qu'une famille peut devenir aussi petite ? Et où est ton père, hein ? Mes dossiers sont remplis de familles avec juste une mère et un enfant ! Deux personnes !

Je n'ai pas répondu. Je savais que mon professeur de père était quelque part, en train de porter ses autres enfants sur ses épaules, et je ne connaissais même pas son nom.

— Un de ces jours, il va falloir que tu te remettes à parler, a-t-elle dit. Allez, ouvre la porte, dépêche-toi. Sors de la voiture, bouge-toi, vite. J'ai encore quatre autres gamins dont il faut que je m'occupe aujourd'hui.

L'air chaud du jardin a entouré mon corps et j'ai été très heureuse de sortir de la voiture et de son froid polaire. Ma mère était morte, et pourtant j'arrivais encore à éprouver de la gratitude envers quelque chose.

L'assistante sociale a extrait du coffre le sac de l'armée et l'a laissé choir par terre. On voyait qu'elle avait fait ça des dizaines de fois.

— C'est quoi, cette boîte ? a-t-elle demandé en la prenant et en la posant sur le sac. Elle a l'air chic.

M. Brodsky est sorti de la maison pour nous accueillir. Il était grand et mince. Il avait des cheveux gris épais et bouclés, et il portait des lunettes rondes à fines montures noires.

— Content de vous voir, a-t-il dit.

— Je vous préviens, cette fusillade ne parle pas, a dit l'assistante. Bon courage pour arriver à lui tirer un mot.

Déposer un enfant, pour elle, c'était la routine, c'était comme déposer du linge à la laverie. Je voyais bien que je n'étais rien de plus qu'un sac.

— Il faut que je file, a-t-elle dit, et elle s'est dirigée vers sa voiture.

J'ai été surprise de constater que je ne voulais pas qu'elle parte. Pendant le voyage, elle était devenue la seule personne que je connaissais au monde.

M. Brodsky s'est agenouillé pour pouvoir me regarder dans les yeux.

J'ai entendu l'assistante sociale derrière moi faire démarrer sa voiture et partir. Elle était le lien avec mon camp de caravanes, le pont entre ma voiture et ce foyer d'accueil. Elle était la dernière personne qui savait que j'étais reliée à quelque chose.

M. Brodsky a parlé.

— J'ai accueilli toutes sortes d'enfants. Tu t'appelles Pearl et c'est un joli nom. Je crois bien que j'ai hébergé ici un enfant pour chaque lettre de l'alphabet. J'espère que tu es quelqu'un de doux. Moi je le suis. Je sais pourquoi tu es ici. Je suis désolé. Vraiment. Tellement, tellement désolé.

J'ai compris qu'à partir de maintenant et jusqu'à la fin de mes jours, les gens me diraient qu'ils étaient désolés. J'ai su immédiatement que je passerais le restant de ma vie à tenter d'échapper au mot « désolé ».

M. Brodsky a glissé la longue boîte sous son bras et a pris le sac militaire. Il était fort et a soulevé le tout facilement.

— Viens, entrons à l'intérieur, a-t-il dit. Je vais te montrer ta chambre.

Je l'ai suivi dans la maison.

— Il faut aussi que tu saches que j'ai deux autres enfants qui vivent ici. Helen, qui a huit ans, et Leo, qui en a dix-sept. Ils sont tous les deux à l'école en ce moment. Toi, tu n'iras pas à l'école, a continué M. Brodsky. Tu ne seras ici que quelques semaines en attendant qu'ils te trouvent un foyer plus permanent, alors ça ne servirait à rien.

La chambre avait un haut plafond et les murs étaient peints en blanc. Une grande fenêtre encadrée de rideaux de dentelle blanche donnait sur le jardin et sur une maisonnette pour enfants. Dans la pièce se trouvaient une commode, un lit recouvert d'un couvre-lit blanc, un bureau et une chaise. Il y avait un petit tapis rond bleu foncé sur le sol. Il y avait aussi un placard. Sa porte était ouverte et il était vide, à l'exception de cintres recouverts de satin rose. Sur le mur, un tableau représentant un ciel de nuit étoilé.

La chambre sentait la peinture fraîche. Tout était si neuf et propre qu'on aurait dit que personne n'y avait encore jamais séjourné.

J'ai su que la première chose que je ferais quand M. Brodsky serait parti serait de m'allonger sur le lit. Quand on grandit dans une voiture, on rêve de dormir dans des draps. Je savais que je partirais aussi à la recherche de la douche.

M. Brodsky a posé la boîte et le sac militaire sur le lit recouvert du couvre-lit en dentelle blanche.

— Qu'est-ce que c'est que cette jolie boîte? a-t-il demandé.

J'ai quitté l'encadrement de la porte et je me suis approchée. J'ai posé ma main sur la boîte en soie et j'ai contemplé le visage plein de bonté de M. Brodsky.

Je savais que ces mots seraient les premiers de ma nouvelle vie.

— *Long gone*, ai-je dit. C'est une vieille histoire.

M. Brodsky n'a rien répondu. Il n'aurait pas pu deviner que ma mère était en moi et chantait *Long Gone Blues* comme si c'était sa marche funèbre.

— C'est une robe de mariée, ai-je dit. La robe de mariée de ma grand-mère.

— Ah, je vois, a dit M. Brodsky.

— Ma mère a toujours rêvé de la porter un jour, ai-je dit. C'était un rêve. Et elle rêvait que je la porte un jour moi aussi.

M. Brodsky a regardé la boîte posée entre nous et n'a rien dit pendant quelques secondes.

J'ai respiré profondément. Comme si c'était la première inspiration que je prenais depuis que Noelle était venue me chercher à l'école, quelques heures plus tôt.

— Eh bien, quelquefois, un rêve est plus beau que la vraie vie, a dit M. Brodsky.

— Oui.

— Bien sûr, elle ne la portera jamais, mais elle a fait ce rêve de la porter.

— Oui, ai-je dit.

Quand M. Brodsky a dit qu'un rêve pouvait être plus beau que la vie, j'ai su qu'il était des nôtres. Ma mère et moi lui aurions fait de la place dans notre voiture. Elle lui aurait donné des sacs en plastique pour mettre ses affaires. Nous aurions ouvert la portière et nous lui aurions demandé : Quand est-ce que vous emménagez chez nous ?

Ma mère ne m'avait pas donné grand-chose. Elle ne m'avait pas acheté grand-chose non plus, mais elle m'avait remplie avec ses mots et ses chansons. J'étais l'encyclopédie de ses bavardages et de ses espoirs de jeune mère. À l'avenir, je parlerais sa langue de A à Z. Ses voyelles et ses consonnes chanteraient avec moi pour toujours.

Dès que j'ai vu le visage de M. Brodsky, dès que j'ai regardé ses yeux, j'ai eu envie de courir acheter des pansements Urgo.

21

Le petit pistolet noir d'Eli se trouvait entre deux de mes chemisiers. C'est la première chose que j'ai cherchée en fouillant dans le sac militaire. Je l'ai caché sous mon oreiller.

Mes trésors de la décharge, les billes, le sac de mercure, la balle de fusil et les boutons, je les ai rangés dans le tiroir du haut de la commode. J'ai accroché mes habits et mis mes sous-vêtements et T-shirts dans un autre tiroir. Je n'avais pas grand-chose. Je ne savais pas où mettre mon dessin du Système solaire, alors je l'ai froissé et jeté à la poubelle. Je n'avais plus besoin d'apprendre que Mercure était la planète la plus proche du Soleil et qu'elle était en feu. Je le savais déjà.

Je rangeais mes affaires, mais en réalité je priais pour trouver une cigarette. Prise d'une espèce de frénésie, j'ai fouillé tous les sacs en plastique et chaque poche de mes vêtements. Avril May m'aurait dit qu'il fallait que j'adresse une prière au dieu des Cigarettes.

J'en ai finalement trouvé une. C'était une Marlboro rouge mexicaine en provenance de la caravane de Corazón et de Ray. En fait, je n'avais pas trouvé une cigarette, mais un paquet entier. C'était un miracle. C'était la preuve parfaite que le dieu des Cigarettes aimait profondément les orphelines et prenait soin d'elles.

Je suis allée à la fenêtre, j'ai écarté le rideau de dentelle pâle, pris le briquet Bic bleu dans ma poche arrière et j'en ai allumé une.

J'ai aspiré une profonde bouffée de tabac et j'ai senti tout en moi se poser, s'apaiser. Le fleuve de mon sang s'est calmé.

J'ai contemplé le jardin et ses grands chênes et sa pelouse tondue de frais. Il y avait un magnolia couvert de grandes fleurs blanches qui commençaient à se faner sur les bords. Derrière les arbres, plus près de la rue, je voyais clairement la maisonnette pour jouer. Elle était en bois et peinte en blanc, avec une petite véranda et deux fenêtres.

Je n'avais pris que quelques bouffées de ma cigarette lorsque deux enfants sont entrés dans le jardin et ont remonté l'allée jusqu'à la porte. C'était un garçon blanc et une fillette noire. À travers la braise fumante de ma Marlboro, je voyais que le garçon portait un short en jean et que ses cheveux châtain clair, longs et bouclés, ébouriffés, lui tombaient sur les épaules. Il était grand et maigre, et marchait à longues enjambées. La petite fille à côté de lui sautillait et courait pour le rattraper. Elle avait une coupe afro retenue par endroits par des barrettes jaunes et orange.

Très vite, le garçon s'est arrêté et a levé les yeux vers la fenêtre. La fillette a continué à sautiller jusqu'à ce qu'elle s'aperçoive qu'il n'avançait plus vers la porte d'entrée. Elle a suivi son regard jusqu'à l'endroit où je me trouvais, le haut du corps penché à la fenêtre, tandis que je recrachais un panache de fumée vers le ciel, par la bouche, comme une cheminée.

Je savais que c'étaient Leo et Helen. Nous nous sommes regardés un instant, puis ils sont entrés dans la maison. Aucun de nous n'a fait de signe à l'autre.

J'ai fini ma cigarette, j'ai écrasé le mégot sur le bord de la fenêtre et je l'ai jeté dans le jardin en contrebas.

J'étais en train de me demander si j'allais en allumer une autre, puisque je n'avais rien d'autre à faire, quand j'ai entendu frapper.

J'ai traversé la pièce et ouvert la porte.

Pour la première fois j'ai fait l'expérience d'ouvrir une porte, de me tenir devant, de tourner la poignée et d'ouvrir, ouvrir, ouvrir. Quand on vivait dans une voiture, à cause des vitres, on savait toujours à qui on ouvrait. Cette fois, je ne savais pas qui frappait derrière la lourde porte en chêne.

J'ai ouvert et c'était Leo. Il est resté là, à mâchonner la manche de sa chemise.

Il se tenait dans l'encadrement de la porte et me fixait. Je l'ai regardé à mon tour dans les yeux, des yeux marron clair.

À l'université de l'amour, ma mère avait appris l'existence du coup de foudre. Elle disait que c'était la seule vérité et que c'était un accident. Lorsque j'ai vu Leo la première fois depuis ma fenêtre, j'ai su que je m'étais cassé le bras. J'étais tombée du haut des escaliers. J'avais dévalé toutes les marches. Un train arrivait sur les rails. Et, parce que j'étais si triste, j'ai su que je l'aimais.

— Tu es une albinos ? a demandé Leo. Une vraie albinos ?
— Non.

— Tu es sûre ?

— Oui, je crois.

— D'où tu viens ? Quand est-ce que tu es arrivée ?

Leo ne m'a pas laissé le temps de répondre. Comme la plupart des gens, il s'intéressait surtout à mon apparence.

— Est-ce que tu savais qu'en Tanzanie les sorciers s'attaquent aux albinos ?

— Non, je ne savais pas.

— Ils croient que certaines parties de leur corps portent bonheur. Alors, en Tanzanie, les albinos sont obligés de se cacher, a dit Leo.

Il avait un strabisme d'un côté. Son œil me regardait, puis son regard se faisait flottant, regardait au loin et semblait voir au-delà de moi, par la fenêtre.

— Non, je ne savais pas. Je ne suis pas une albinos. Je suis juste moi.

Leo est entré dans ma chambre et s'est assis sur mon lit. Lorsqu'il parlait, il retirait sa manchette de chemise de sa bouche. Quand il écoutait mes réponses à ses questions, il se remettait à la mâchonner. La manche allait et venait, entrait et sortait de sa bouche.

J'apprendrais plus tard que la manche gauche de toutes ses chemises était usée et que certaines avaient même des trous à force d'avoir été mâchouillées. C'était un effet secondaire du Rivotril qu'il prenait contre l'anxiété.

— Est-ce que ça fait bizarre d'avoir ta tête ?

— Je ne sais pas.

— Viens t'asseoir à côté de moi, a-t-il ordonné. Viens.

J'ai obéi et me suis assise à côté de lui sur le lit.

— Qu'est-ce qui t'est arrivé ? Pourquoi tu es ici ?

— Je n'ai nulle part où aller. Ma mère a été tuée par balle. Elle est morte.

Leo a secoué la tête.

— Oui, c'est ce que je me suis dit. Moi aussi je suis une fusillade. Helen aussi.

Je me demandais ce qu'il penserait s'il savait que j'avais une arme cachée sous mon oreiller, juste à côté de nous.

— J'ai dix-sept ans. Enfin, presque dix-huit, a dit Leo. Et toi, tu as quel âge ?

— J'ai quatorze ans. Presque quinze.

— Et ton père ? Il est où ?

— Je n'ai pas de père. En tout cas je ne l'ai jamais rencontré.

Nous étions assis sur le bord du lit, l'un à côté de l'autre, nos vêtements se touchaient. Ma manche frôlait sa manche et nous savions que sous le tissu, c'étaient nos peaux qui se touchaient.

— Est-ce que tu savais qu'il existe deux balles pour chaque personne dans le monde ?

— Non, tu es sûr ?

— Je le sais. Je l'ai lu. Tout le monde sait ça. C'est un fait établi, a dit Leo.

— Alors, si c'est vrai, je crois que ma mère a été tuée avec des balles qui appartenaient à d'autres personnes.

Leo m'a observée. Son œil strabique a regardé mes mains qui étaient posées sur mes genoux. Je ne savais pas si je devais fixer son œil normal ou bien suivre le regard de cet autre œil qui s'attardait sur mes mains.

Mon chemisier continuait de toucher sa chemise et je sentais la chaleur de son corps à travers le coton.

— Tu vas t'habituer à mon œil, a-t-il dit. Tout le monde s'y habitue. Je devais me faire opérer il y a des années, mais ça ne s'est pas fait. Les autres personnes, celles avec qui je vivais, avaient pris un rendez-vous, mais ensuite il a été annulé, et après j'ai emménagé ici.

Un peu comme un robot, d'un ton monocorde, comme s'il récitait des tables de multiplication par cœur, Leo m'a raconté son histoire. Un enfant placé en famille d'accueil raconte son histoire des centaines de fois.

Ma mère disait qu'on pouvait raconter certaines vies dans un seul livre et que d'autres nécessitaient toute une encyclopédie. Pour elle, celle de Leo n'aurait eu besoin que d'une seule phrase.

Alors, quand Leo a dit qu'il était un enfant unique et que sa mère avait tué son père, puis s'était tiré une balle, il aurait pu tout aussi bien dire deux fois deux font quatre, et quatre fois quatre font seize.

— Quand est-ce que c'est arrivé ? ai-je demandé.

Un de ses yeux fixait ma bouche et l'autre regardait mon œil gauche.

— Quand j'avais quatre ans. Je ne me souviens pas de mes parents. Je sais que mon père était médecin et ma mère infirmière. C'était un chirurgien du cœur. Je l'ai lu dans mon dossier. Il a inventé quelque chose pour le cœur. C'était une valve ou un stent, un petit ressort. Ça veut dire que lorsque j'aurai dix-huit ans, je serai riche.

— Tu n'avais pas de famille ? Personne pour te prendre ?

Leo a secoué la tête.

— Moi non plus, je n'ai même pas de cousin, ai-je dit. Presque tout le monde a au moins un cousin.

— Tu veux voir ma chambre ? a-t-il demandé. Tu aimes écouter de la musique ? Viens, suis-moi. Tu sais faire des origamis ?

Leo s'est levé et je l'ai suivi jusqu'à sa chambre qui était directement en face de la mienne.

Leo avait des seaux remplis de Lego et des piles de boîtes Lego Mindstorms et de kits d'inventions robotiques. Il avait construit des robots compliqués qui fonctionnaient avec des piles, et aussi des hélicoptères et plusieurs fusées, ainsi que ce qu'il appelait des vaisseaux extraterrestres ou des ovnis.

La décoration de la chambre de Leo était exactement la même que la mienne sauf qu'elle était remplie de ses affaires et qu'il avait deux posters punaisés au mur. L'un était une affiche d'une éclipse solaire et l'autre était une grande photo d'Albert Einstein.

— Pearl, a dit Leo, si tu veux quelque chose, ici, tu peux le prendre. Je ne veux pas que tu veuilles quoi que ce soit. C'est affreux de désirer continuellement. Est-ce qu'il y a une chose ici, n'importe laquelle, que tu voudrais avoir ? Ce qui est à moi est à toi.

Il m'a regardée dans les yeux.

Quand Leo a dit, ce qui est à moi est à toi, ses yeux dépareillés se sont alignés.

Il voyait le contrôle drastique que j'exerçais sur mes larmes, un contrôle de petit soldat.

Il devinait le lac d'amour-coup-de-foudre qui était en moi.

Il savait qu'il valait mieux ne pas me mettre au défi de faire quelque chose, parce que je l'aurais fait.

Balles perdues

Je savais qu'il n'était pas une personne forte, qu'il tenait avec des bouts de scotch, quelques agrafes et de la colle.

Ma mère m'avait appris toutes les chansons d'amour et, à l'avenir, elles me suivraient partout. Elle aurait dit :

— Toutes ces chansons sont le refrain de ta vie.

Je chantais : « Capituler n'est qu'un mot, c'est mon mot. »

22

Debout à côté de moi, Helen était encore plus petite que lorsque je l'avais vue depuis ma fenêtre. Je savais qu'elle avait huit ans, mais elle en paraissait cinq.

Helen a souri. Elle sentait les chamallows brûlés. Je connaissais si bien cette odeur. Dans la voiture, comme on n'avait ni cuisinière ni cheminée, on grillait nos guimauves à l'aide d'un briquet.

Helen parlait non-stop. Il ne m'a fallu que cinq minutes pour comprendre qu'elle n'avait pas la moindre idée de qui elle était, ni d'où elle venait. Elle disait qu'elle avait une maman blanche et une maman noire. Ensuite, elle disait qu'elle avait dix frères et onze sœurs. Elle disait qu'elle habitait ici et là, près d'une plage et près d'un parc. Elle venait d'Éthiopie et de Finlande. Elle était née dans une maison. Elle était née dans un hôpital. Elle avait un frère jumeau et une jumelle, et elle avait deux sœurs jumelles. Elle avait été recueillie dans des foyers catholiques, chez des mormons et chez des Témoins de Jéhovah.

Helen était une enfant placée typique : trop de maisons d'accueil, trop de gens, trop de changements. Personne ne lui avait jamais appris à ne pas gratter ses croûtes. Personne ne lui avait appris à arracher ses dents de lait avec un fil.

Helen avait séjourné dans des endroits où on ne lui donnait que des céréales à manger, dans des foyers où elle devait réutiliser le fil dentaire et les sachets de thé, et où on ne lui octroyait qu'une feuille de papier toilette par jour. Des foyers où elle dormait par terre dans un couloir.

Helen parlait souvent d'elle-même à la troisième personne. Personne ne la reprenait.

Elle disait :

— Helen est un gâteau sans colorant, sans sucre ajouté. Helen rêve sans cesse d'un beau Noël sous la neige en Floride et elle ne boit pas assez d'eau. Helen adore les baisers sur le front. Parfois, elle aimerait dormir pour toujours et ça ne la dérangerait pas d'être enceinte. Helen se sent mieux après une bonne douche et elle sait que si vous avez des bestioles dans vos habits, il faut juste les mettre au four à micro-ondes. Ça tue les bêtes et même les punaises de lit.

Leo acceptait de l'entendre jacasser et j'ai fini par faire pareil. Impossible de la suivre et d'essayer de comprendre quoi que ce soit à sa vie.

Leo lui a dit :

— Montre à Pearl ta collection de téléphones.

Helen est allée dans sa chambre et en est revenue au bout d'une minute avec un sac en plastique de supermarché. Elle a vidé le contenu par terre. Elle avait au moins dix-sept téléphones et leurs chargeurs dans ce sac.

— À chaque fois qu'elle va dans une nouvelle famille d'accueil, ils lui donnent un téléphone et lui disent de l'utiliser pour rester en contact, a dit Leo. Il y en a tellement, maintenant, qu'Helen ne sait plus s'ils marchent ou à quel foyer ils appartiennent. Je lui ai promis d'essayer de l'aider à y voir clair, un jour.

— Oui, a dit Helen. Ce sont tous les téléphones de toutes les maisons d'Helen.

— Qu'est-ce que tu vas en faire ? ai-je demandé.

— Appeler les gens de sa famille, et oui, bien sûr, ses amis Lulu, Gina et Romey, a dit Helen. Elle veut téléphoner à sa meilleure amie pour parler de plein de choses, tu sais, comme : est-ce que tu aimes les chats ? Des choses comme ça. Beaucoup de gens aiment les chats. Ils sont si mignons. Si doux. Helen les aime beaucoup.

— Je vais t'arranger ça, a dit Leo. D'abord, il faudra tous les recharger. Pearl va nous aider.

Ensuite, il a recommencé à mâchouiller sa manche tout en regardant le fouillis de fils et de chargeurs.

— Oui, bien sûr, je vais vous aider, ai-je dit.

Helen s'est approchée à quatre pattes du coin où j'étais assise par terre et s'est mise tout près de moi. Elle a frotté son front contre mon bras.

— Hé, a dit Helen, tu sens l'insecticide.

J'avais encore sur moi l'odeur de la Mercury. J'avais le Raid dans la peau.

Peut-être ces conversations ont-elles eu lieu sur plusieurs jours. Je ne m'en souviens plus. Mais il y a deux choses qui sont arrivées ce jour-là, ça, j'en suis sûre. J'ai trouvé Leo et j'ai aussi compris que je n'aurais plus à m'inquiéter pour les cigarettes.

Au dîner, le premier soir, M. Brodsky a demandé :

— Pearl, tu fumes, n'est-ce pas ?

— Oui.

— Tu sens la cigarette.

185

— Oui, oui, ai-je dit, parce que je n'avais jamais été une menteuse.

On ne m'avait pas élevée pour tromper qui que ce soit. Ma mère disait toujours qu'un menteur ne s'en sort jamais, ne guérit jamais, ne renonce jamais, et que si je voulais vérifier, je verrais qu'il n'existait pas d'Alcooliques Anonymes pour les menteurs.

— Tu fumes beaucoup ?

— Chaque fois que je peux.

— Ne t'en fais pas, a dit M. Brodsky. Si tu veux des cigarettes, j'irai t'en acheter. Tu es une petite fille dont la mère vient de mourir, alors si tu veux des cigarettes, tu en auras. Tu préfères quelle marque ?

— Les Camel.

— Les Camel, très bien.

Le dieu des Cigarettes me redonnait de l'espoir.

23

La première nuit au foyer d'accueil, quelqu'un a jeté des cailloux contre ma fenêtre. Un arc-en-ciel nocturne s'est étiré au-dessus du ciel. Au lieu de gouttes de pluie, des balles sont tombées, et des esprits indiens ont rôdé dehors, dans le jardin, sous les arbres. J'ai compris la leçon. Voilà le genre de rêve que l'on fait quand on dort avec un revolver sous son oreiller.

Le lendemain matin, je me suis réveillée en entendant Leo, Helen et M. Brodsky qui se préparaient à partir. M. Brodsky aidait Helen à se coiffer. J'entendais qu'il lui demandait quelle couleur de barrette elle voulait.

Hier encore, je m'étais réveillée dans la voiture avec ma mère. Hier encore, nous nous étions dit au revoir au moment où je partais pour l'école. Elle était appuyée contre la Mercury dans sa chemise de nuit lavande. Je m'étais éloignée. La décharge derrière elle n'était plus une montagne blanche couverte de grêle.

Ses derniers mots avaient été :

— Tu sais, Pearl, quand j'ai joué du piano, Dieu était là près de moi comme une ombre.

À présent, ils résonnaient comme un présage. Peut-être toutes les dernières paroles d'une personne avaient-elles de l'importance ? Peut-être étaient-elles le point final d'une vie ?

Lorsque j'ai entendu la voiture de M. Brodsky qui s'éloignait avec Leo et Helen, je suis sortie de ma chambre sur la pointe des pieds pour une mission de reconnaissance dans la maison.

La porte de la chambre de Leo était entrouverte, alors j'ai regardé à l'intérieur.

Son lit était défait et en désordre. L'oreiller avait conservé la forme de sa tête et sur le drap du dessous on voyait l'empreinte de son corps.

Je me suis approchée, me suis glissée sous les couvertures et j'ai posé ma tête là où avait été celle de Leo. Ma joue reposait dans la trace en creux de sa joue.

La chaleur de son corps s'attardait encore dans les draps. Elle m'a enlacée et a réchauffé mes jambes et ma taille. Je me suis réfugiée sous les couvertures et j'ai respiré son odeur de garçon-jeune-homme.

J'ai glissé ma main sous son oreiller. Parmi le coton frais, j'ai trouvé un vieux caillou de chewing-gum rond et dur. Il était là comme une perle. Je l'ai mis dans ma bouche pour sentir le goût de Leo. Il avait encore un léger parfum de menthe.

Je suis restée couchée dans le lit de Leo comme si j'étais couchée en lui.

Puis la tornade de larmes est venue parce que j'avais perdu ma mère, parce qu'une arme avait tué ses mots et parce que tout cela ne figurait pas dans le Livre de Vie de l'Agneau.

24

Deux jours plus tard, un enquêteur de la police judiciaire est venu me poser des questions au sujet de la mort de ma mère.

M. Brodsky nous a laissé son bureau.

L'enquêteur était noir avec des cheveux gris et bouclés. Sa peau d'un brun clair était couverte de taches de rousseurs et de minuscules grains de beauté. Ses yeux marron clair étaient tombants.

L'homme souriait la bouche fermée. Il avait appris à ne jamais montrer ses dents à une fillette apeurée.

— Toutes mes condoléances pour ta mère, a-t-il dit.

Je savais qu'il avait déjà souvent prononcé ces mots, parce qu'on aurait dit une prière apprise par cœur.

— Toutes mes condoléances pour ta mère, a-t-il dit encore. Et tu sais, on veut vraiment comprendre ce qui s'est passé. Tu veux bien qu'on en discute un peu tous les deux ?

— Oui, ai-je répondu. Je veux bien. L'assistante sociale m'avait dit que vous viendriez.

— Exact, a-t-il dit. Alors, est-ce que tu sais qui a tiré sur ta mère ?

— Oui.

— Tu es sûre ?

— Oui.

L'enquêteur a sorti un cliché d'un dossier qu'il avait posé sur la table basse entre nous.

— Je suis désolé, a-t-il dit, mais est-ce que tu pourrais juste regarder son visage pour qu'on soit sûrs ?

J'ai examiné la photo de Monsieur Ne Reviens Pas. C'était une de ces photos prises au moment de la cérémonie de *Graduation*, après le bac. Il portait la toque des diplômés, avec le gland qui tombait d'un côté.

Lorsque j'ai regardé son visage, je me suis souvenue comment ma mère parlait de lui. Elle disait qu'il était gentil et perdu, mais qu'elle savait aussi que c'était un pétard avec lequel on pouvait se brûler les doigts.

— Oui, ai-je dit, je l'ai vu. Il est resté chez nous deux nuits. C'était un fugueur.

— OK, a dit l'enquêteur, et il a remis la photo dans sa liasse de papiers. Est-ce que tu as une idée de la raison pour laquelle il aurait voulu tuer ta mère ?

— Non, ai-je dit.

— Et les Mexicains ? a-t-il demandé.

— Corazón et Ray ? Ils vivent dans le camp de caravanes. Vous voulez parler de Corazón et de Ray ?

— Oui. Est-ce qu'ils faisaient quoi que ce soit de louche ?

— Non. Qu'est-ce que vous voulez dire par là ?

— Est-ce qu'ils en vendaient ? Tu sais, de l'héroïne ? On sait qu'ils en rapportaient du Mexique.

— Non. Je ne suis pas au courant de ça.

— Tu es sûre ? Est-ce que Ray était souvent là ?

— Non, pas beaucoup. Il faisait souvent des allers-retours au Mexique.

— Bon, a continué l'enquêteur, à présent j'aimerais qu'on parle d'Eli Redmond. Tu veux bien qu'on parle de lui un instant ?

Quand l'enquêteur a prononcé le nom d'Eli, j'ai entendu ma mère en moi qui disait :

— Oh, mon bébé, mon bébé, il y a des mots qui sont si coupants, si pointus que tu pourrais te blesser avec.

— Qui était Eli pour ta mère ?

J'entendais la pierre à aiguiser polir et affûter le nom d'Eli. J'ai regardé par la fenêtre vers le jardin. Je n'avais pas envie de fixer l'enquêteur dans les yeux, des yeux d'animaux, gentils, comme ceux d'un cerf ou d'un lapin.

— Il était son petit copain, je suppose.

— Tu savais qu'il vendait des armes ?

— Non, pas ça. Non. Il aidait le pasteur Rex à débarrasser la rue des armes à feu. Ils achetaient des armes.

— OK, a dit le policier. C'est exact.

Le policier a tendu le bras et posé sa main sur mon épaule. Ce n'était pas un geste léger. Il a appuyé avec force.

— Écoute, a-t-il dit, nous avons interrogé Eli juste après que ta mère a été tuée. Mais à présent, on ne sait pas où il est. Si tu le vois, ou s'il t'appelle, contacte-nous.

— Oui, ai-je dit. Vous ne pensez pas qu'Eli a tué ma mère, si ?

— Non, non, bien sûr que non. On sait que ce gamin était cinglé. Il avait été diagnostiqué paranoïaque. Et avec les armes, on se retrouve toujours au mauvais endroit au mauvais moment.

Le policier s'est levé, a ouvert son portefeuille et m'a tendu sa carte.

— Appelle-moi, a-t-il dit. Si tu te souviens de quelque chose, n'hésite pas. Et comme je te l'ai dit, toutes mes condoléances. Eli Redmond est recherché dans cinq États.

— Recherché pour quoi ?

— Meurtre de policier. Vol à main armée. Vol d'identité, en veux-tu en voilà. Et tu peux être sûre qu'il ne s'appelle pas Eli Redmond. C'est un menteur.

Ma mère le savait. Je me suis souvenue du jour où je l'avais trouvée assise dans la voiture, sur le siège arrière, avec ses chaussures aux pieds. Elle disait qu'elle n'arrivait pas à voir à l'intérieur d'Eli. Que la vitre de cet homme avait besoin d'un bon nettoyage.

25

Ces matins-là, après que Leo, Helen et M. Brodsky avaient quitté la maison, j'allais me recoucher dans le lit de Leo.

Toutes les nuits, Leo s'endormait dans mes larmes de petite-fille-dont-la-mère-a-été-tuée.

Tous les jours, seule à la maison, je me promenais, j'ouvrais les tiroirs, montais et descendais l'escalier en courant, et je m'appuyais contre les murs. Je portais la maison comme on porte une robe.

Dans la cuisine, j'ai trouvé une boîte de sucres en morceaux Domino. Voilà qui aurait fait plaisir à ma mère. Je les ai tous mangés en une matinée.

M. Brodsky emmenait Leo et Helen à l'école et se rendait ensuite à son travail. Plus tard, j'ai appris qu'il était à la retraite et qu'il faisait des travaux bénévoles dans une synagogue du quartier.

Leo était chez M. Brodsky depuis deux ans, et Helen depuis six mois. C'était inhabituel, car M. Brodsky n'était censé offrir qu'un hébergement temporaire pour les cas d'urgence, avant que les enfants ne soient envoyés dans un foyer d'accueil plus permanent. Leo m'avait expliqué que dès que M. Brodsky aurait quatre-vingts ans, c'est-à-dire dans quelques mois, nous lui serions tous les trois retirés, à cause de son âge.

Peu après mon installation chez M. Brodsky, j'étais à la fenêtre en train d'allumer une Camel quand j'ai vu une voiture arriver et se garer dans l'allée. C'était celle de l'assistante sociale. Elle a levé les yeux. Je me suis vite écartée de la fenêtre, mais elle m'avait vue.

J'ai jeté ma cigarette allumée dans le verre d'eau près de mon lit, et je suis restée debout devant la fenêtre. J'ai entendu ses pas qui approchaient de la maison. Elle a sonné.

J'allais être transférée dans une autre maison. Je le savais. J'avais envie de me cacher sous mon lit. De m'enfermer dans ma chambre. J'avais envie de m'enfuir.

Leo et Helen m'avaient expliqué que la pire chose, pour un enfant placé, était d'être transféré sans cesse de maison en maison et d'école en école.

Helen disait :

— Quand tu pars, tu vois, comme tu n'as pas de maman, tous les habits se mélangent. Il y a plein d'enfants qui portent ton T-shirt, ou tu crois que c'est le tien, mais tu ne peux pas vraiment le savoir si tu n'as pas une maman pour te le dire. Il y avait une fille qui me griffait tout le temps : elle a pris mon pull et a dit que c'était son pull, mais il n'y avait pas de maman pour dire que c'était le pull d'Helen.

Leo avait été dans un foyer où un garçon plus âgé le frappait sans arrêt. Il avait pris l'habitude de rembourrer ses vêtements de serviettes au niveau de la taille et à l'intérieur de ses manches pour ne pas que ça fasse trop mal.

Leo disait :

— Si tu es dans un foyer et que tu as de la fièvre, personne ne vient jamais te mettre la main sur le front pour voir si tu as chaud. Ils te passent juste un thermomètre.

M. Brodsky était le meilleur parent adoptif qu'ils avaient jamais eu. Helen disait que Leo mâchouillait ses manches parce qu'il avait peur d'avoir à quitter M. Brodsky un jour. Leo disait qu'Helen se balançait d'avant en arrière tout le temps parce qu'elle n'avait pas envie de partir de chez lui. Ils se connaissaient mieux qu'un frère et une sœur.

Après avoir passé du temps avec Leo et Helen, et après avoir entendu leurs histoires, je me suis juré que je m'enfuirais avant d'être emmenée dans une autre maison.

L'assistante sociale a sonné de nouveau.

Je suis descendue et je lui ai ouvert.

Elle portait le même costume que la semaine précédente.

Les senteurs du jardin sont entrées par la porte. Le parfum des fleurs de magnolia, des roses et de l'herbe humide de rosée a pénétré comme une brise dans la maison.

L'assistante sociale tenait dans ses mains une boîte et avait une enveloppe Kraft glissée sous son bras.

— Bon, alors, tu parles maintenant ?

— Oui.

— Tu t'entends bien avec les autres fusillades ?

— Oui.

— Est-ce que M. Brodsky sait que tu fumes ? Où est-ce que tu t'es procuré ces cigarettes ? Il va falloir que je note ça dans ton dossier.

— Non, il ne le sait pas, ai-je répondu. Elles sont à moi. Je les ai apportées quand je suis venue ici.

— Oui, eh bien, je mettrai quand même ça dans le dossier. Tu pourrais mettre le feu à la maison.

— Je vais arrêter, ai-je dit, promis.

— Les drogués disent toujours ça. Est-ce que tu sais combien de gamins comme toi m'ont promis qu'ils arrête-raient la drogue, que ce soit le hasch ou l'héroïne ? Hein ? Bien sûr, tu vas arrêter la cigarette. Tu crois que je vais te croire ? Ça va aller direct dans le dossier. Tu n'as pas le droit de fumer, c'est interdit par la loi.

— Je vais arrêter, ai-je dit encore. Je vous le promets.

— Écoute, a-t-elle dit. Ce n'est peut-être pas la peine de défaire ta valise. J'ai entendu que tu vas être transférée dans un autre foyer d'ici un mois. J'ai vu le dossier. Ne prends pas trop tes aises ici.

Je n'ai pas répondu.

— Et tiens, a dit l'assistante sociale, ça c'est pour toi. Ils m'ont donné ces choses pour que je te les remette en main propre. Tiens.

La boîte est passée de ses mains dans les miennes.

— Non, ai-je dit, vous vous trompez. Cette boîte n'est pas à moi. Je ne l'ai jamais vue.

— Ça aussi c'est pour toi, a-t-elle dit en posant l'enve-loppe Kraft sur la table de l'entrée. La police m'a dit de te transmettre tout ça.

— Qu'est-ce que c'est ? ai-je demandé.

— Bon, Pearl, il faut que j'y aille. On reste en contact. Je suis désolée pour tout. À mon avis, la police fait une erreur. Tu n'es pas censée prendre possession de ces choses avant tes dix-huit ans, mais qui suis-je pour m'opposer aux décisions de la police ? J'obéis aux ordres. Je ne suis pas là pour les discuter.

J'ai contemplé la boîte.

— Cette boîte contient les cendres de ta mère, alors fais-y attention, a-t-elle dit.

Je n'ai pas répondu.

Elle est sortie et a refermé la porte derrière elle. Le jardin parfumé est parti avec le bruit de ses pas.

Si Noelle avait été là, elle aurait dit :

— Jamais deux sans trois pour les erreurs et les morts.

Si Avril May avait été ici avec moi, elle aurait dit :

— Allez, viens, on va jeter ça dans une rivière. Tu ne peux pas vivre et parcourir le monde avec cette boîte.

Si ma mère avait été avec moi, elle aurait dit :

— Dépêche-toi d'aller faire un rêve, dépêche-toi de rêver que je suis vivante. Va vite faire une sieste, mon bébé, ma fille chérie.

L'enveloppe Kraft contenait la petite bague sertie d'une opale que M. Rodrigo, le professeur de piano, avait offerte à ma mère. Je l'ai glissée, ainsi que toutes les superstitions de Cuba, à mon doigt.

L'enveloppe contenait aussi les balles de revolver.

Le *coroner* et la police me faisaient parvenir ces vingt balles comme si elles appartenaient à ma mère, car ils les avaient trouvées à l'intérieur de son corps. Comme si c'étaient ses bijoux. Ces balles de revolver étaient mon héritage.

26

Plusieurs semaines avant mon arrivée, M. Brodsky avait décidé d'emmener Helen et Leo visiter un musée du Cirque qui se trouvait à Sarasota, à seulement une heure de route de la maison. M. Brodsky m'a dit que je n'étais pas obligée de les accompagner, mais que j'étais la bienvenue si je voulais.

— Il faut que tu viennes, a dit Leo.

Alors j'y suis allée.

Leo était assis devant à côté de M. Brodsky et moi à l'arrière avec Helen qui a parlé non-stop pendant tout le trajet.

— Pourquoi est-ce qu'on pose des questions ? disait Helen. C'est simple. Tu n'as pas envie de savoir comment fonctionne un cerf-volant ? Ou si le noir est une couleur, ou bien le blanc ? Et la première question ? Qui a eu l'idée de la poser en premier ? Et ça ? Est-ce que l'un de vous a déjà entendu des pas à l'extérieur de sa chambre la nuit, et puis il comprend que ce sont les battements de son cœur ? Est-ce que l'un de vous confond aussi les battements de son cœur avec des bruits de pas ?

M. Brodsky, Leo et moi la laissions parler. Helen ne cherchait jamais à faire la conversation.

Le musée Ringling était un énorme palais rose construit par un des frères Ringling, qui avait fait fortune dans le cirque. Le bâtiment, une copie d'un palais vénitien, abritait aussi une grande collection d'art.

Leo, Helen et moi avons visité le musée et regardé ensemble les petites voitures de clown, les roulottes, le mannequin d'une femme sur des échasses dont la tête touchait le plafond, des canons qui envoyaient des gens dans les airs, et une collection de costumes de cirque.

Il y avait la maquette d'un cirque miniature faite de milliers de pièces. Elle recréait les cirques d'autrefois qui voyageaient en train à travers tout le pays. La maquette était présentée sur des tables recouvertes de feutrine verte. Elle était si précise qu'on y voyait même la tente de l'infirmerie et celle du barbier. Les reproductions des grandes roues et des manèges étaient équipées d'un système électrique qui les faisait tourner et tourner sans cesse. Helen était fascinée par cette maquette de la taille d'une maison de poupée. On y trouvait même des personnages et des animaux miniatures.

Leo était avec moi tout le temps, parce qu'on savait tous les deux que marcher aux côtés de quelqu'un qu'on aime ne dure jamais longtemps.

Leo s'intéressait surtout aux affiches publicitaires. Nous avons appris qu'elles annonçaient les spectacles gratuits donnés devant un cirque pour attirer la foule. On les appelait aussi les *freak shows*. Sous les mots « Effrayant » et « Incroyable », on voyait des images de l'Homme-grenouille, de la Femme-oiseau, de la Femme à barbe et de l'Homme-tronc, un homme sans bras ni jambes. L'« Autruche humaine » était un homme qui pouvait avaler n'importe quoi, y compris des ampoules électriques et des couteaux. La « Pelote à épingles humaine » était un numéro dans lequel l'artiste s'enfonçait des épingles à chapeaux, des brochettes et des aiguilles dans le corps.

L'avaleur de sabre, qui n'avalait pas seulement des sabres, fascinait Leo. Il ingérait aussi bien des tapettes à mouches, des tubes de néon, des canons de carabine que des cintres.

Sur un mur se trouvait une affiche montrant des frères siamois. Je me suis arrêtée pour contempler l'image de ces frères célèbres qu'on appelait Chang et Eng.

— J'ai vu un jour de vrais siamois, ai-je dit à Leo. C'étaient des alligators. Ils sont nés sur la plage qui borde notre rivière.

Tandis que je fixais les visages asiatiques de Chang et de Eng Bunker, qui étaient reliés par la poitrine, je me suis souvenue du jour où ma mère et moi étions parties main dans la main à la rivière pour voir les bébés alligators. L'odeur de la décharge me revenait, en même temps que les nuages de libellules jaunes et bleues qui vivaient près de notre cours d'eau. J'étais heureuse que ma mère ne soit pas là, parce que je savais que sa capacité à ressentir la douleur des gens et ce *freak show* auraient fait un mélange toxique. Moi qui avais hérité de sa sensibilité, lorsque je me tenais devant ces affiches, j'étais obligée de fermer les yeux.

— Pourquoi tu ne regardes pas ? a demandé Leo.

Il ne connaissait pas encore tout de moi.

M. Brodsky aimait la reproduction d'un tableau représentant Tom Pouce et sa femme, lors d'une réception officielle à Londres, debout sur une table comme une salière et une poivrière, vêtus d'un habit et d'une robe de soirée.

Dans la boutique du musée, on vendait des cartes postales de cette image.

— Les enfants, vous voulez une carte postale ? a demandé M. Brodsky.

Quand M. Brodsky nous appelait tous les trois « les enfants », c'était comme si nous appartenions à une même famille. Ces mots étaient comme une couverture bordée autour de nous.

De temps en temps, M. Brodsky disait quelque chose d'important que j'espérais me rappeler plus tard, et ça commençait toujours par « les enfants ».

Une fois, au dîner, il avait dit :

— Les enfants, la mort est le pays de l'inconnu, mais il faut que vous sachiez que l'inconnu se trouve aussi ici sur la terre.

— Bien sûr, on sait ça, monsieur Brodsky, avait répondu Helen. Tout le monde le sait. Rien de nouveau là-dedans.

Dans la voiture, en revenant du musée du Cirque, nous étions silencieux. Leo, Helen et moi avions eu droit à une sortie, un samedi. Nous rentrions en voiture vers une maison où nous attendait un dîner de hamburgers et de cornets de glace. Cette nuit-là, nous dormirions dans des chambres, dans des lits avec des draps de coton blanc.

Leo, Helen et moi étions silencieux parce que nous nous trouvions dans le parfait rêve d'enfance, un rêve de camaraderie et de sécurité.

Et cet après-midi-là, ce rêve était devenu la vraie vie. Nous savions que, le temps d'une journée, nous étions passés de l'autre côté.

27

J'ai choisi la terre sous le magnolia.

— Je ne connais que l'enterrement juif, a dit M. Brodsky. C'est le *Hessed chel émet*. Ce sera ton dernier geste envers ta mère.

M. Brodsky m'a donné deux petites truelles et un petit râteau. Il a dit à Leo, Helen et moi d'aller dans le jardin et de creuser un trou assez grand et assez profond pour contenir la boîte de cendres.

— Pearl, a dit M. Brodsky, enterrer quelqu'un, c'est le plus grand acte d'amour qui soit.

Tous les trois, nous sommes sortis dans le jardin. Les longues traînées blanches des avions striaient le ciel d'un bleu profond. Leurs rubans blancs apparaissaient et disparaissaient au-dessus de nous.

Nous nous sommes agenouillés autour du magnolia. J'ai donné une truelle à Helen et l'autre à Leo. Puis j'ai pris mon paquet de Camel dans la poche de mon jean et je m'en suis allumée une.

— Vous n'avez qu'à commencer, ai-je dit.

— Je crois que c'est un bon endroit, a dit Helen. Comme ça, tu sauras toujours où elle est.

Helen n'avait aucune idée de l'endroit où étaient enterrés ses parents et ses deux frères ou sœurs. Un tireur isolé avait tiré au hasard sur des gens dans un parc et avait tué toute sa famille. On en avait même parlé dans les journaux. Leo avait lu des articles dessus. Le tireur portait sur lui un grand nombre d'armes. Il avait tué quatorze personnes avant que la police ne l'abatte.

Helen n'avait pas été touchée, car elle se trouvait dans un landau. Depuis, elle avait toujours été placée dans des foyers d'accueil. Elle savait que sa famille était de Miami et elle prétendait qu'elle se souvenait de ses parents, de ses frères et sœurs, et même à quoi ils ressemblaient. Mais Leo et moi savions que c'était impossible. Helen recevrait les affaires de sa famille le jour de ses dix-huit ans. Elle espérait qu'il y aurait des photos dedans.

Leo et Helen ont commencé à creuser pendant que je fumais ma cigarette.

— Alors, elle était comment, ta mère? a demandé Helen, tout en tenant le râteau dans sa petite main et en commençant à gratter la couche supérieure de terre herbeuse qui serait la tombe de ma mère.

Je me suis allongée sur l'herbe à côté de l'arbre et j'ai contemplé le ciel en direction des traînées laissées par les avions.

— Elle était juste une mère. Maintenant, il n'y a plus personne qui me connaît, ai-je répondu.

— Moi, personne ne m'a jamais connue, a dit Helen. Est-ce qu'elle était jolie?

— Elle jouait du piano. Elle savait parler français.

— Elle te ressemblait ?

— Un peu. Mais elle n'était pas aussi pâle que moi.

— Tu connaissais celui qui l'a tuée ?

— Non. C'était un étranger.

Je n'allais pas farcir la tête d'Helen avec les histoires de Monsieur Ne Reviens Pas. J'ai écrasé ma cigarette dans la terre et j'ai pris une truelle.

— Bon, alors qu'est-ce que ce mot-là, ce mot accueil, veut vraiment dire ? a demandé Helen.

Elle ne s'arrêtait jamais de parler.

— Foyer d'accueil ? dit-elle. Famille d'accueil ? C'est quoi accueil ? Qu'est-ce que ça veut vraiment dire ? Je ne comprends pas.

Après un moment, M. Brodsky est sorti avec un châle sur les épaules. Il tenait dans ses mains la boîte qui contenait les cendres de ma mère et un livre de prières. Il apportait aussi deux petites kippas en tissus bleu foncé, une pour lui et une pour Leo.

Helen, Leo et moi nous sommes tenus autour de la petite tombe dans le jardin, pendant que M. Brodsky déposait la boîte dans le trou fraîchement creusé. Ensuite, nous avons tour à tour jeté des poignées de terre sur la boîte tandis que M. Brodsky lisait une prière à voix haute.

Il a dit :

— Magnifié et sanctifié soit le Grand Nom dans le monde qu'Il a créé selon Sa volonté et puisse-t-Il établir Son royaume. Puisse Sa salvation fleurir et qu'Il rapproche Son oint de votre vivant et de vos jours, et des jours de toute la Maison d'Israël, promptement et dans un temps proche, et dites Amen.

Une fois la boîte enterrée, Helen a dit que nous devions acheter des fleurs pour les planter sur la tombe.

— Est-ce que tu voudrais dire quelque chose ? m'a demandé M. Brodsky.

J'ai fait non de la tête, mais à l'intérieur de moi j'entendais les chansons, celles de ma mère, les refrains-qui-accompagnaient-ma-vie.

Après l'enterrement, Helen et M. Brodsky sont retournés dans la maison. Les week-ends, il lui donnait des petits cours de maths. Tandis qu'il marchait, elle sautillait en cercles autour de lui. Alors qu'ils s'éloignaient, on l'entendait pépier non-stop. Helen demandait :

— Vous croyez au paradis, monsieur Brodsky ? Moi, j'y crois. Ça existe forcément. Forcément. Sinon, pourquoi est-ce qu'il y aurait le ciel, hein ? Pourquoi ?

— Viens, allons dans la petite maison, a dit Leo.

Je ne lui disais jamais non. L'aimer, c'était lui dire oui.

La maisonnette était faite en bois et peinte en blanc. Elle avait deux fenêtres. À l'intérieur se trouvaient un salon avec deux petites chaises pour enfants et un coin cuisine avec des meubles en bois. Les feux de la cuisinière étaient peints en rouge, pour faire croire qu'ils étaient allumés. Il y avait aussi une petite salle de bains et une chambre avec un lit pour une personne. La cuisine et la salle de bains avaient toutes les deux l'eau courante.

Dans le petit évier de la cuisine, Leo et moi avons lavé nos mains pour en retirer la terre de la tombe de ma mère, puis nous les avons secouées pour qu'elles sèchent.

Sur un côté de l'évier se trouvaient deux boîtes de thon, une miche de pain à moitié mangée et un petit pot de mayonnaise. Il y avait aussi deux petites boîtes de corn flakes.

Dans la salle de bains, une brosse à dents et un petit tube de dentifrice.

— Tu crois que quelqu'un vit ici ? ai-je demandé à Leo.

— Non, c'est juste Helen. Elle aime bien venir ici et apporter des choses, a-t-il dit. Elle croit que cette maison est à elle. Moi, je ne viens jamais.

Leo et moi nous sommes allongés sur le lit de poupée. Il était si petit qu'on ne pouvait pas s'étendre entièrement, nous devions replier nos genoux.

La lumière du soleil filtrait par la fenêtre et réchauffait nos corps.

J'ai posé ma tête sur la poitrine de Leo et j'ai écouté les battements de son cœur sous sa chemise en coton bleue. Deux boutons en plastique s'enfonçaient dans ma joue.

Il a dit :

— J'adore penser à l'espace.

— Qu'est-ce que tu veux dire ? ai-je demandé.

— Tu sais bien, toutes les découvertes. Le Big Bang, les nouvelles galaxies, tout ça. L'univers.

— Il fait chaud ici, ai-je dit. Est-ce que les fenêtres s'ouvrent ?

— Non. Elles ne s'ouvrent pas.

Et nous nous sommes endormis dans notre petite maison, dans notre petit lit, sous la petite fenêtre.

Dans mon rêve, la maisonnette s'est soulevée de terre. Elle a flotté dans les airs vers l'horizon, très haut au-dessus de notre joyeux chagrin tout neuf.

28

Le soir, après l'enterrement de ma mère, je suis allée pour la première fois dans le bureau de M. Brodsky. Il était assis à sa table et lisait le journal. Son ordinateur était allumé et éclairait son visage.

— Accorde-moi un instant, a-t-il dit. Je veux juste finir ceci.

Pendant qu'il finissait de lire, je me suis promenée dans la pièce et j'ai étudié les photos qui étaient sur les tables, les étagères et même celles accrochées aux murs. On aurait dit un musée de la photographie.

Puis M. Brodsky a replié son journal et m'a regardée.

— Il y a tellement de photos, ai-je dit. Vous connaissez tous ces gens ?

— Oui. Ils sont de ma famille. Certaines sont très vieilles, elles viennent de très loin, d'Odessa en Ukraine. Quelques-unes viennent de Berlin. Il faudrait vraiment que je m'en débarrasse. Cela fait un bout de temps que j'y pense.

— Pourquoi ?

— Une des choses les plus troublantes, les plus perturbantes, avec les vieilles photographies, c'est que tu sais ce qui s'est passé après. C'est comme si tu regardais l'image et puis hop! comme dans un film, tu sais ce qui va arriver.

M. Brodsky s'est levé et s'est approché de moi. Il a pris un des clichés que je regardais.

— Tiens, un exemple, a-t-il dit. Voici une photo de moi avec mon père et notre nouveau petit chiot. J'ai l'air heureux avec ce chien. Mais je sais que mon père ensuite a dû le tuer parce qu'il avait appris à attirer les poules dans un coin pour les manger. Au moment de cette photo heureuse, on ne connaissait pas encore la suite du film. Mais lorsque je la regarde à présent, aujourd'hui, je sais que ça finira mal avec ce chien.

— Moi, je n'en ai pas de photos, ai-je dit. Enfin, il faut que je regarde dans les affaires de ma mère. Peut-être que j'en trouverai quelques-unes.

— Tu verras avec le temps. Tu regarderas la photo heureuse et puis, dans ta tête, tu verras le film qui vient après.

— La fusillade?

— Oui.

— Alors, une photo heureuse, ça n'existe pas?

— Je ne pense pas, non.

29

Seulement trois semaines après mon arrivée chez M. Brodsky, j'ai entendu qu'on sonnait à la porte d'entrée. Ma première pensée a été que l'assistante sociale venait pour m'emmener dans un autre foyer. C'était quelque chose que je redoutais chaque jour.

J'étais toute seule dans le sous-sol en train de faire la lessive. C'était une tâche que M. Brodsky m'avait assignée, car il aimait que tous ceux qui habitaient chez lui l'aident en faisant quelque chose.

J'aimais bien m'asseoir dans le sous-sol bien chaud et contempler le hublot rond du lave-linge. Là, dans l'océan de lessive Blue Tide, je regardais mes vêtements se mélanger avec ceux de Leo tout au long des cycles, lavage, rinçage et essorage. Lorsque je les mettais dans le sèche-linge, je ne démêlais jamais mes chemisiers qui s'étaient emmêlés avec ses chemises. Ensuite, je pliais toujours ses habits avec soin, les repassant même avec mes mains, pour qu'au moins il y ait du dévouement et de l'amour cachés dans les vêtements qui abriteraient son corps.

Je suis montée à l'étage et j'ai ouvert la porte.

C'était Corazón.

Elle a ouvert les bras, m'a prise contre elle et m'a serrée très fort, comme si j'étais son propre enfant perdu.

Elle a dit :

— *Mi niña*, ma pauvre enfant, mon bébé.

Mais je me suis dégagée, parce que je n'étais pas à elle et je savais que je n'appartenais à personne. Derrière la chaleur des vêtements, il n'y avait pas de réconfort pour moi. L'idée que des gens me prennent en pitié me donnait envie de vomir.

J'ai refermé la porte et je l'ai emmenée dans la cuisine.

— Comment est-ce que tu m'as retrouvée ? ai-je demandé alors qu'elle s'asseyait sur une des chaises qui entouraient la table ronde du petit déjeuner.

Corazón était toute maquillée, comme toujours. Elle avait même mis ses faux cils. Ses longs faux ongles étaient peints en rouge et chacun avait un point blanc dessiné en son centre. Des mèches blondes striaient ses cheveux noirs et elle portait un rouge à lèvres rose pâle.

— *Mi niña*, je suis venue t'enlever de cet horrible endroit. Cette maison, elle n'est pas pour toi, a dit Corazón.

— Comment tu m'as trouvée ?

— *Muñeca*, poupée, allons voir la tombe de Selena. Il faut qu'on lui apporte des fleurs. Ils ont tué ta maman, exactement comme ils ont tué Selena. Ne me dis pas que c'est une coïncidence.

Corazón a pris ma main par-dessus la table et l'a tenue dans la sienne, mais je l'ai retirée et j'ai mis mes mains dans mes poches de jean. Ce n'était pas parce que ma mère était morte que j'avais envie qu'on me tienne la main pour traverser la rue.

Corazón s'est appuyée contre le dossier de sa chaise et m'a regardée comme si elle prenait mes mesures pour une robe. Je voyais le mètre de couture dans ses yeux.

Elle a dit :

— Pearl, c'est de l'amour-revolver. C'est ça que cet homme éprouvait pour ta mère. Il a acheté cette arme et il ne savait même pas que c'était pour elle jusqu'à ce qu'il la voie. Alors il faut que tu imagines ça comme un sacrifice. La vie est toujours juste au bord de la mort. C'était un bon jour pour mourir. Dieu le sait : Je voudrais entendre et je serais entendu, je voudrais être blessé et je blesserais, je voudrais être sauvé et je sauverais. J'ai les tickets de bus pour le Texas. On va aller à Corpus Christi et on va apporter des fleurs pour la tombe de Selena. Tu viens.

— Oui, ai-je dit.

— Je savais que tu ne dirais pas non.

Tandis qu'elle parlait, je me disais que je préférais encore m'enfuir avec elle qu'être emmenée dans un autre foyer d'accueil. Ce n'était qu'une question de jours. Je ne voulais pas devenir Helen ou Leo et défiler dans une fanfare pour qui que ce soit pour montrer que j'étais d'accord.

J'ai regardé Corazón et j'ai vu en elle la route pour m'échapper d'une chaîne sans fin de foyers, une chaîne comme un collier de pâquerettes.

L'étoile du Risque brillait de tous ses feux au-dessus de la maison.

— Où est Ray ? ai-je demandé.

— Cet idiot de Ray. Il a disparu. Il est trop paresseux. Il est si foutrement paresseux, quand il va cueillir des oranges, nous on est déjà en train de boire le jus ! Tu sais bien ! Et Eli et le pasteur Rex, ces deux rats, ils se sont taillés de là avant même que ta mère soit emmenée. Elle était encore chaude, presque vivante, on pourrait dire. Enfin, comme une rose est vivante dans un vase, pas vraiment, quoi.

— Comment tu m'as trouvée ?

— Écoute, Perlita, je dis toujours, si Ray meurt cette nuit, je prendrai mon temps pour venir lui dire adieu. Il n'aura qu'à attendre mes larmes !

— Comment tu m'as trouvée ?

— Noelle m'a dit. Ton assistante sociale a dit à sa *mama* où tu serais pendant les prochaines semaines, au cas où quelqu'un viendrait te chercher, comme une tante ou un cousin.

— Et toi, tu t'es installée où ?

— J'ai passé les dernières nuits, le week-end entier, dans cette *estupida* petite maisonnette de poupée dans le jardin, à manger du thon en boîte. Cet homme, là, il ne quittait jamais la maison et je ne pouvais jamais venir te voir.

Je n'ai rien dit pendant une minute. J'ai regardé Corazón et j'ai su que tout ce qu'elle disait était vrai. Elle n'allait pas me trahir et me livrer au destin façon lois des États-Unis d'Amérique. Elle faisait le pari de l'amour façon Mexique.

— Peut-être que ce sera mieux que de vivre dans une voiture, ai-je dit en souriant.

— Je ne sais pas comment Margot et toi vous avez pu survivre à tout ça. Enfin, elle, en tout cas, elle n'a pas survécu.

Corazón m'a dit que tout le monde, au camp de caravanes, était encore là, sauf Eli et le pasteur Rex. Elle a dit que le jour où ma mère avait été tuée, les deux hommes avaient disparu pour ne plus revenir.

— Le pasteur Rex ? ai-je demandé. Pourquoi est-ce qu'il est parti ?

Corazón m'a tout expliqué.

— Le pasteur Rex ? Qui sait s'il était seulement pasteur ? Moi, j'en doute. Lui, Eli et Ray ont travaillé ensemble pendant des années dans le sud du Texas et en Floride. Ils se procuraient des armes pour les revendre au Mexique.

Je n'ai pas été surprise, car il n'y avait plus de surprise en moi. Je l'avais épuisée.

Elle m'a aussi appris que notre voiture avait été enlevée du parking visiteurs seulement deux jours après mon départ.

— Ça a été si rapide, a dit Corazón. Tout à coup, elle n'était plus là.

— Je me demande où ils l'ont emportée.

— Après que votre voiture a été enlevée, tout le monde était là à se balader à l'endroit où elle avait été garée, a dit Corazón. J'y ai trouvé un paquet neuf de bonbons Life Savers. Je ne les ai pas ramassés, ils étaient probablement là depuis des années.

Elle m'a fait rire.

— Il y avait aussi une balle, là, dans l'herbe sous la voiture, a dit Corazón. Je ne l'ai pas ramassée non plus.

J'ai compris que c'était la balle que ma mère et moi avions cherchée. C'est celle qui avait laissé un trou bien propre dans la carrosserie, avec une trace toute ronde de poudre noire.

Quand j'ai repensé à notre voiture qu'on avait enlevée, je me suis souvenue comment j'avais dormi sur le siège arrière avec ma mère pendant que Monsieur Ne Reviens Pas dormait à ma place. Il avait été la seule personne à partager notre voiture avec nous, la seule qui savait ce que ça faisait de dormir dans l'obscurité de la Mercury avec le goût de l'insecticide Raid dans la bouche. Ma mère et moi, nous ne savions pas que c'était le destin que nous avions invité chez nous, pour qu'il profite de notre hospitalité de sans-domiciles.

— Et ce sergent Bob, a continué Corazón, il a dit que les gens se font tuer tout le temps, qu'il n'y avait rien de nouveau sous le soleil. Enfin, ce qu'il disait, c'était que ta mère était l'albatros. Tu sais, cet oiseau, là.

— Et Avril May ? Qu'est-ce qu'elle a dit ?

— Je ne me souviens plus. Noelle a raconté qu'elle avait tout vu, mais qu'elle avait rien dit à la police. Mme Roberta ne voulait pas que cette *loca* de Noelle parle aux policiers, parce qu'elle allait raconter n'importe quoi et tout mélanger. Cette Noelle, elle a juste dit : Minuit sonne à la porte.

Lorsque Corazón était arrivée, je n'avais pas hésité à lui dire oui. Oui, je partirais. Mais d'abord, il fallait que je fasse quelque chose. Je lui ai dit qu'on s'en irait dans deux jours.

— Ça va être tellement formidable de voir la tombe de Selena. Ce sera presque comme être avec elle, a dit Corazón.

Corazón connaissait tout de l'histoire. Elle savait que Yolanda Saldivar, la manager de Selena et son assassin, avait toujours prétendu que l'arme était partie toute seule, que c'était un accident. Corazón avait lu que c'était impossible, car le revolver calibre 38 nécessitait une pression de cinq kilos sur la gâchette pour pouvoir tirer.

— Une pression pareille, c'est pas un accident, disait Corazón.

Lorsque je passais du temps avec Corazón dans sa caravane à nettoyer des armes, elle disait :

— Le 30 mars 2025, quand Yolanda sortira de prison, je serai là. Je serai là à l'attendre devant la porte.

— Qu'est-ce que tu lui diras ? demandai-je.

— Je sais pas encore. Je réfléchis.

— Tu ne vas pas la tuer ?

— Je n'aurai pas besoin, *niña*. Quelqu'un d'autre s'en chargera. Peut-être que je lui demanderai seulement pourquoi elle ne lui a pas juste fichu une bonne claque, comme une vraie Latina. Pourquoi est-ce qu'il a fallu qu'elle la tue ? Qui tue un rossignol, hein, je te le demande ? Je veux l'entendre répondre à cette question.

— Tu dois avoir faim. Qu'est-ce que tu voudrais pour le petit déjeuner ? lui ai-je demandé.

— Elle est très belle, cette cuisine, a dit Corazón en se levant et en caressant les plans de travail en marbre noir et blanc.

Elle a ouvert l'un des placards et a regardé à l'intérieur.

— Regarde-moi tout ce chocolat et ces boîtes de gâteaux ! J'ai envie de tout manger.

Je lui ai montré comment se débrouiller dans la cuisine et je l'ai observée pendant qu'elle se faisait des œufs brouillés. Je lui ai préparé un verre de jus d'oranges fraîchement pressées.

— Je vais aussi prendre un bain, a-t-elle dit. Je ne me suis pas lavée depuis des jours. Il n'y a pas de douche dans cette maison de poupée.

— Oui, bien sûr, ai-je dit. Je vais te chercher des serviettes propres.

Quand on a été élevée dans une voiture, on propose toujours naturellement aux gens de prendre une douche.

— Cette maison sent la fleur d'oranger, a dit Corazón. Tu as remarqué ?

— Non, ai-je dit.

— Si, si. Quelqu'un a vaporisé de l'eau de fleur d'oranger partout.

Après qu'elle a fini de petit-déjeuner, je l'ai emmenée dans ma chambre et elle a pris une longue douche.

Pendant qu'elle se lavait, j'ai récupéré le pistolet resté sous mon oreiller, où il était depuis mon arrivée, et je l'ai mis dans un des tiroirs de la commode.

Lorsque Corazón est sortie de la douche, elle s'est allongée sur le lit, enveloppée dans une grande serviette blanche, et s'est endormie.

Je me suis assise sur une chaise près de la fenêtre et j'ai contemplé le visage plein de bonté de Corazón.

Elle m'avait sauvée de la solitude-de-la-fille-sans-amis, seule dans une caravane vide remplie de fusils, et maintenant elle venait me sauver pour que je ne vive pas la vie d'une enfant-placée-dont-personne-ne-veut.

Quand Corazón s'est réveillée et a ouvert ses grands yeux marron, elle s'est assise bien droite, a tapoté le lit avec la paume de sa main et a dit :

— Viens t'asseoir près de moi.

Je me suis levée et je me suis assise à côté d'elle, et elle m'a entourée de ses bras. Elle m'a caressé les cheveux et m'a embrassée sur la joue et le front. Elle m'a bercée dans son corps-fauteuil à bascule. Je l'ai laissée s'occuper de moi comme d'une poupée.

— Tu aurais une cigarette pour moi ?

— Bien sûr, ai-je dit.

Nous sommes restées assises l'une à côté de l'autre, avec les couvertures sur nos jambes, à fumer nos cigarettes.

— Tu sais qu'on ne doit pas fumer au lit, hein ? a dit Corazón.

— Oui, je sais.

— Bon, du moment que tu le sais, alors tu peux le faire. C'est comme moi, je sais que je ne dois pas manger trop de sucre. Je sais que je ne devrais pas, mais je le fais quand même. Est-ce que les médecins croient vraiment qu'on va arrêter de manger de la glace ? C'est tellement ridicule. Ridicule.

— Corazón, ai-je dit en allumant une autre cigarette, ma mère est enterrée là-bas, dans le jardin. On l'a mise dans une boîte sous le magnolia. Qu'est-ce que tu en penses ?

— C'est l'endroit parfait. Ta mère aurait adoré cette maison.

— Oui, ai-je dit. Mais bon, être enterrée dans un endroit que tu ne connais pas ?

— Oh, ça arrive tout le temps, parce que tu ne contrôles pas toujours ce qui arrive à ton corps, même quand tu es vivant.

Corazón voulait partir et prendre la route dès que possible. Nous allions rouler dans un car Greyhound jusqu'au Texas. Elle avait déjà tout organisé.

Moi, j'avais besoin de deux jours pour tout régler. Nous étions lundi. Je lui ai dit que nous partirions jeudi. Les après-midi, quand M. Brodsky serait là, elle pourrait rester dans la maisonnette. Je lui apporterais des gâteaux et des pommes. J'ai promis que je la laisserais entrer en douce dans la maison la nuit, pour qu'elle puisse dormir avec moi dans mon lit.

— Je voudrais te présenter Leo et Helen, ai-je dit.

— Oh, non. Ils vont parler. Ils vont dire à cet homme que tu pars avec moi.

— Non, ai-je dit. Les enfants placés ne caftent jamais. C'est la règle d'or des foyers.

— Tu es sûre ?

— Oui. Leo me l'a dit. Il m'a dit que la première chose que les enfants placés apprennent à dire, c'est : « Je n'ai rien vu. »

La nuit de lundi, une fois tout le monde parti se coucher, je suis descendue, j'ai ouvert la porte et j'ai couru dans le jardin. Je suis passée devant la tombe de ma mère. Tout autour de moi, il y avait le chant des grillons et un doux bourdonnement d'insectes.

Quand je suis arrivée à la maisonnette, Corazón a ouvert la petite porte et elle est sortie. Je l'ai prise par la main puis nous sommes revenues vers la maison et nous sommes montées dans ma chambre.

Allongées dans le lit, dans le noir, nous écoutions les bruits du dehors et les bruits à l'intérieur, et le souffle de nos respirations.

— Comment tu te sens ? Ça va ? a demandé Corazón.

— Je n'arrive pas à trouver les mots.

— Je ne suis pas pressée. Cherche-les.

Je me suis glissée hors du lit, j'ai ouvert les rideaux, puis la fenêtre. Une brise froide et nocturne est entrée dans la chambre enfumée. J'ai regardé en bas dans le jardin l'endroit où les cendres de ma mère étaient enterrées. Un nuage de libellules a illuminé la nuit en faisant de petits éclairs partout.

J'ai laissé la fenêtre ouverte et je suis retournée dans le lit.

Après quelques instants, Corazón a chuchoté :

— Est-ce que tu crois que ce *señor*, ici, aurait un peu d'argent qu'on pourrait prendre ? Ce serait pas mal d'en avoir un peu plus.

— Je ne sais pas, ai-je répondu en chuchotant. Je m'en occupe. Après que M. Brodsky et Leo seront partis demain matin, je regarderai.

— OK, *buenas noches.*

— Corazón ?

— Oui, qu'est-ce qu'il y a ?

— Qu'est-ce qui est arrivé à ma mère, à ton avis ?

— Qu'est-ce que tu veux dire ?

— Comment est-ce que tout ça nous est arrivé ?

— Quoi ?

— Ma mère n'aurait jamais dû laisser Eli entrer dans notre voiture. Elle aurait dû remonter sa vitre.

— Ta mère avait envie qu'on la sauve, a dit Corazón. Elle n'avait pas de famille, pas de foyer, pas de toit. Comment tu veux vivre dans une voiture pendant toutes ces années ? C'était une femme seule. Cet homme, il est arrivé, il est entré en elle sans frapper et il s'est assis.

— Oui, ai-je dit. Je sais bien ce qui est arrivé. Elle aurait voulu que chaque jour soit un dimanche. Ce sont les paroles d'une chanson. Elle rêvait d'un amour joli comme un dimanche.

30

Le mardi, alors que Leo, Helen et M. Brodsky étaient partis et que Corazón était allée acheter nos billets de car, je me suis assise sur mon lit et j'ai ouvert tous les sacs en plastique de ma mère.

Il y en avait un plein de barrettes, de coupe-ongles et de limes. Il y en avait deux remplis de soutiens-gorge et de culottes. Un autre qui contenait des shorts et des jupes. Un dernier sac était plein de flacons de vernis à ongles.

Toute ma vie, j'avais vu ma mère ranger ses affaires encore et toujours dans ces sacs en plastique. À présent, je comprenais qu'elle avait essayé de recréer l'agencement logique d'un placard ou d'une commode avec des sacs de supermarché.

Dans l'un des derniers sacs se trouvait la paire de gants blancs. La dernière fois que je les avais vus, nous étions à l'église. Je l'avais observée avec attention retirer ces gants de ses petites mains d'enfant et me les confier, pour pouvoir jouer sur le piano. J'entendais encore l'accord en *fa* mineur, comme si la musique était restée cachée dans leur dentelle.

J'ai fait une boule des gants, comme si c'étaient des mouchoirs en papier, et je les ai jetés dans la corbeille.

En triant ses vêtements, je vérifiais les poches qui étaient pleines de cailloux pointus ou d'éclats de verre. Partout où elle allait, ma mère imaginait que quelqu'un pourrait passer pieds nus, alors elle ramassait tous les objets pointus et les mettait dans ses poches. Elle prenait soin de gens qu'elle ne connaissait même pas.

Le dernier sac que j'ai ouvert contenait les témoignages de son enfance et de son éducation aisée. Il y avait ici des choses qu'elle n'avait jamais utilisées dans le camp de caravanes et qu'elle n'avait pas eu le temps de vendre avec tout le reste. Une petite pochette en soie noire avec des perles couleur rubis cousues sur l'extérieur et un bocal contenant dix boutons de nacre, chacun entouré d'un feston de strass.

Il n'y avait aucun sac contenant des photos ou des documents importants. Pas un seul papier qui aurait pu me dire qui nous étions. Jeune mère adolescente et fugueuse, elle n'avait pas pensé à ce genre de choses.

J'ai pris tous les sacs et je les ai mis en tas à côté de la corbeille à papier près du petit bureau.

Personne d'autre que moi ne se souviendrait jamais plus de ma mère. C'était à moi de la garder vivante à l'intérieur de moi. J'ai fermé les yeux et j'ai entendu ma mère qui disait :

— J'étais incapable de comprendre que je faisais fausse route, parce que j'avais besoin d'un bon décrassage et que les mains d'Eli étaient comme un savon.

La nuit de mardi, Corazón a de nouveau dormi dans mon lit. Elle m'a dit qu'elle avait les billets.

— Ça va être un long voyage, a-t-elle dit. On va visiter des endroits des États-Unis dont on n'a jamais entendu parler. Je prie juste le Seigneur qu'un policier ne nous voie pas et qu'il ne se demande pas ce qu'une Latina fait avec une fille blanche. En plus, on ne dirait même pas que tu as quatorze ans. Si je te croisais à la gare routière, je me dirais que tu en as neuf ou dix. Quand est-ce que tes seins vont pousser, hein ? Tu as déjà tes règles ?

— Oui, évidemment, ai-je dit. Je ne suis pas idiote.

— Quel rapport ?

— Je ne sais pas.

Le mercredi, Corazón est restée toute la journée dans la maisonnette parce que c'était le jour de la semaine où la femme de ménage venait à la maison.

Je suis entrée dans le bureau de M. Brodsky pour chercher des ciseaux. J'en ai trouvé une paire, des grands, sur sa table, à côté d'un coupe-papier et de trois crayons. J'ai pris les ciseaux et je les ai emportés dans ma chambre.

J'ai défait le ruban jaune et ouvert la boîte recouverte de soie. J'ai pris la robe de mariée de ma grand-mère. Je l'ai étalée sur le lit, la jupe ouverte en corolle et les manches bien droites de chaque côté. La taille était prise dans un ruban de satin blanc qui s'attachait avec un nœud dans le dos.

Puis je me suis allongée sur la robe.

Le chiffon de soie était doux et on aurait dit qu'un effluve jaillissait littéralement du tissu. C'était une fragrance de vieux parfum et de temps anciens. Ma mère disait que tout, autrefois, sentait le patchouli.

Près du col, j'ai vu une minuscule tache de rouge à lèvres rose pâle. Au niveau de l'ourlet, sur le devant de la longue jupe, se trouvaient une petite déchirure et un microscopique morceau de boue séchée. C'était comme si quelqu'un avait marché sur la robe de la mariée alors qu'elle dansait. La jeune femme avait disparu, mais la preuve qu'elle avait dansé dans la robe était encore dessus.

Comme l'avait dit M. Brodsky, je savais ce qui s'était passé après le mariage, même si je n'avais aucune photo. Lorsque ma grand-mère portait cette robe, elle ignorait que l'accident de voiture avec le camion Pepsi aurait lieu. Elle ne savait pas que sa fille adolescente serait plus tard obligée de s'enfuir avec son nouveau-né, pour échapper aux tapettes à mouches et aux rêves de cuisinière à gaz.

Après avoir mesuré la longueur de mon corps en m'allongeant sur la robe, je me suis remise debout et j'ai coupé le vêtement avec les ciseaux. J'ai retiré au moins douze centimètres des manches, et trente au niveau de l'ourlet.

Cette nuit-là, je suis allée dans la chambre de Leo avec Helen. Je leur ai dit à tous les deux que Corazón était venue me chercher et que j'allais m'enfuir avec elle le lendemain.

— Leo, avant de partir, je veux t'épouser, ai-je dit.

Il a dit oui.

Depuis longtemps, je savais que ces trois lettres étaient les plus belles de l'alphabet.

Une fois M. Brodsky endormi, Leo, Helen et moi sommes sortis dans le jardin pour aller chercher Corazón dans la maisonnette.

Helen trouvait merveilleux que Corazón ait pu vivre là.

— Vraiment, toutes ces boîtes de thon, elles étaient à vous en fait ? Vraiment ?

— Oui, il fallait bien que j'achète quelque chose qui ne s'abîme pas, même si je déteste le thon, a dit Corazón. Quel est l'idiot qui a inventé cette nourriture horrible ? C'est vraiment de la nourriture pour chat.

— Oh, oui! a dit Helen. C'est de la nourriture pour chat!

J'ai bien vu qu'Helen et Corazón étaient en train de tomber amoureuses l'une de l'autre. Corazón se voyait déjà démêler la coupe afro pleine de nœuds d'Helen et lui frotter sa peau sèche de petite fille avec des citrons.

Helen n'avait qu'une envie, c'était de grimper sur les genoux de Corazón, de s'y pelotonner pour s'y endormir.

Elle regardait sans cesse ses ongles. Au bout d'un moment, elle lui a demandé :

— Madame, pourquoi vous avez un point blanc au milieu de chaque ongle?

— Ce sont des étoiles, petite fille, a dit Corazón. Je les ai attrapées dans le ciel et elles se sont collées à mes ongles.

Helen avait envie de la croire. Elle a aussi décidé qu'elle voulait s'enfuir avec nous, et je voyais bien que Corazón était presque prête à m'abandonner et à prendre Helen à la place.

— Non, a dit Corazón. Pas cette fois. On reviendra te chercher, c'est promis.

— Donnez-nous votre numéro de téléphone, a dit Helen.

— Bien sûr, c'est ce qu'on va faire, ai-je répondu.

Nous avons quitté la maisonnette et fermé la porte derrière nous.

Si ma mère nous avait regardés depuis le ciel, elle aurait vu quatre personnes errantes courir dans un jardin en pleine nuit, en quête d'un mariage.

J'ai laissé Helen, Leo et Corazón dans la chambre de Leo et je suis allée me préparer dans la mienne.

Corazón avait accepté de procéder à la cérémonie. Elle a dit :

— OK, je veux bien que tu l'épouses, parce que je suis catholique et que les catholiques acceptent toutes sortes de choses, car on peut toujours se confesser et recevoir l'absolution. Dieu merci. Je ne vois pas l'intérêt d'être d'une autre religion.

Helen serait ma demoiselle d'honneur.

Dans ma chambre, j'ai passé la robe de mariée. Le chiffon de soie était doux et froid sur ma peau. Puis j'ai traversé le couloir et je suis entrée dans la chambre de Leo.

Quand je suis apparue dans l'encadrement de la porte, Leo, Helen et Corazón m'ont regardée avec surprise. Ils ne pensaient pas que je porterais une vraie robe de mariée.

— Oh, non ! J'aurais dû faire un gâteau, a dit Corazón en secouant la tête, dépitée.

— Tu es pour de vrai, tu es vraiment pour de vrai, Pearl ! a dit Helen.

Elle a couru vers moi et a frotté sa joue sur le tissu.

— C'est de la soie ? C'est ce que font les araignées ?

— Je n'ai pas de bague, a dit Leo.

— Moi j'en ai une, ai-je dit, et j'ai retiré de mon doigt la petite opale de ma mère.

Corazón a célébré le mariage en espagnol.

— Je ne me sens pas trop de le faire en anglais, vous savez. Bon. Voilà. Maintenant vous dites oui.

Leo m'a passé la bague au doigt et m'a embrassée sur la joue.

Cette nuit-là, Corazón a dormi seule dans mon lit, Helen est retournée dans sa chambre et je suis restée avec Leo.

Cette nuit-là, le refrain de ma vie a été rythmé par les battements de son cœur.

Je ne savais pas qu'un autre corps que le mien pouvait me donner ce sentiment de protection. Il était comme toison et fourrure, écorce d'orange et peau de pomme, coquille d'œuf, cosse et écorce d'arbre, et pansement.

— Je te rêve, a-t-il dit.

J'espérais qu'il avait raison. J'espérais que nous étions du côté rêve.

Nous savions que nous étions trop jeunes pour nos corps.

31

Le lendemain, je suis descendue pour dire au revoir à M. Brodsky. Bien sûr, il ne savait pas que je lui disais au revoir pour toujours. Je ne me suis pas sentie pour autant la dernière des minables.

J'ai fait un signe de la main à Leo et Helen quand ils sont montés dans la voiture. Ils ne m'ont pas répondu. Les enfants en foyer ne vous disent pas au revoir de la main. On avait oublié de me le dire.

Corazón m'a préparé le petit déjeuner pendant que je faisais mes bagages. J'ai laissé à Leo les objets que j'avais trouvés dans la décharge et, à Helen, j'ai légué ma robe de mariée.

L'enveloppe Kraft avec les vingt balles de pistolet qui avaient été tirées dans le corps de ma mère était toujours près de mon lit. Je l'ai mise dans le sac militaire.

L'arme d'Eli se trouvait encore dans le tiroir du haut de la commode où je l'avais cachée depuis l'arrivée de Corazón.

Je l'ai sortie et je l'ai tenue dans mes mains.

Le jour où Eli nous l'avait donnée, ma mère avait dit :

— Écoute, Pearl, on va juste la garder quelque temps. Dis-toi que c'est temporaire, pendant qu'on vit dans la voiture. Je m'en débarrasserai dès qu'on aura une vraie adresse, avec un code postal, et qu'on sera en sécurité.

J'ai enveloppé le pistolet dans deux T-shirts et je l'ai mis dans mon sac.

Après le petit déjeuner, Corazón m'a dit qu'il fallait qu'elle me teigne les cheveux en noir. Nous sommes remontées dans la salle de bains. Je me suis assise sur le bord de la baignoire pendant que, debout devant le lavabo, elle mélangeait le produit de coloration dans un bol avec une cuillère de la cuisine.

— Je crois que tu seras jolie en brune, a-t-elle dit. C'est juste pour quelque temps. Il ne faudrait pas qu'on te reconnaisse et que tu aies l'air bizarre à côté de moi. Tout le monde penserait que je t'ai enlevée.

Pendant que je me penchais par-dessus l'évier et qu'elle appliquait la teinture sur mes cheveux avec un petit pinceau, Corazón n'arrêtait pas de parler.

Elle disait :

— J'ai hâte de voir la tombe de Selena. Je n'arrive à penser à rien d'autre. Quand je pense qu'ils ont tué Selena et que c'est arrivé aussi à ta mère. Ce garçon qui l'a tuée, tu as vu qu'il portait les noms des disciples de Jésus ? Tu as remarqué ?

Une fois que Corazón a fini de me sécher les cheveux, elle a descendu mon sac dans l'entrée et appelé un taxi. Nous avons quitté la maison et sommes arrivées à la station juste à temps pour attraper le car. Un peu plus et nous le manquions. Lorsque je l'ai fait remarquer à Corazón, elle a dit :

— Bien sûr qu'on a presque raté le car. Je rate presque toujours le car. Je suis comme ça.

Pendant que le taxi nous emmenait à la station, elle a dit :

— Tu n'es pas mal avec les cheveux noirs. Si tu rentrais chez toi, là tout de suite, et que tu traversais le camp de caravanes, personne ne saurait que c'est toi.

Parce que ma mère avait été tuée par balle, je montais dans un Greyhound. Je n'arrivais pas à le croire. J'étais dans un véhicule et je regardais par la fenêtre.

Prendre le Greyhound, c'était comme être à la maison.

TROISIÈME PARTIE

32

— Les robes de mariée et les linceuls viennent du paradis, a dit Corazón. Tu ne sais pas quand c'est toi qui seras portée par ces vêtements.

— Je n'ai pas mis la robe dans mon sac, ai-je dit. Je l'ai laissée à Helen, je la lui ai donnée pour qu'elle joue avec.

— Oui, mais tu n'es pas mariée pour de vrai.

— Si, je suis mariée.

— Pas vraiment. Un doigt ne fait pas une main.

— Je sais.

— Tu comprends que je t'ai laissée l'épouser parce que je suis catholique, a dit Corazón. Ça veut dire que je ne juge personne. Je suis libre.

Après vingt minutes dans le car, je me suis levée et je suis allée aux toilettes qui se trouvaient au fond, derrière la dernière rangée de sièges.

Dans le petit habitacle, il y avait un panneau avec de grandes lettres rouges qui disait : *Interdiction de fumer*. Au-dessus du lavabo en métal, un détecteur de fumée avec une alarme. Je suis montée sur le lavabo, j'ai arraché la coque en plastique de l'alarme, j'ai retiré les piles AAA et je les ai jetées dans la poubelle.

Puis je suis redescendue du lavabo, j'ai ouvert la fenêtre et j'ai sorti un paquet de cigarettes et un briquet de la poche arrière de mon jean. J'ai ensuite allumé une cigarette et recraché la fumée dehors. Mon regard a embrassé l'autoroute qui m'emmenait loin, de plus en plus loin de moi-même.

Avant de sortir, j'ai jeté mon mégot par la fenêtre. Je savais que j'allais déclencher des feux de forêt dans tout le pays.

Lorsque je suis revenue à ma place, Corazón a dit :

— Écoute, j'ai réfléchi. Cette maison, dans laquelle tu habitais, elle était très belle.

— Oui, ai-je dit.

— Est-ce que tu as trouvé de l'argent à voler ? a-t-elle demandé.

— Non, j'ai cherché dans tous les tiroirs.

Je n'ai pas dit à Corazón que Leo m'avait donné deux cents dollars. C'était toutes ses économies. Quand il me les a confiées, il a dit :

— Reviens dans un an. J'aurai touché mon héritage. On sera riches. Tu pourras avoir tout ce que tu veux.

— Tu sens la cigarette, a dit Corazón. Tu as fumé dans les toilettes ?

— Oui, ai-je dit, mais ne t'inquiète pas. J'ai retiré les piles de l'alarme.

— Bravo.

— On pourra fumer pendant tout le trajet jusqu'au Texas.

— Moi aussi j'ai cherché de l'argent partout dans la maison, a dit Corazón. Je n'ai rien trouvé non plus. Cet homme, il devait bien garder de l'argent quelque part. Je n'ai même pas vu de coffre. Mais j'ai pris des bijoux, et une montre. C'est tout ce que j'ai trouvé dans sa chambre.

Corazón a ouvert son sac et en a sorti une bague avec un diamant, une alliance en or et un collier de perles avec un fermoir ancien.

Ma mère m'avait préparée à ce jour.

J'ai coincé une des perles entre mes incisives et j'ai doucement mordu dedans, puis je l'ai frottée contre mes dents en faisant des mouvements de va-et-vient. La perle était rugueuse et légèrement grumeleuse, ce qui voulait dire qu'elle était véritable. Quand j'ai tenu le rang dans ma main, les perles étaient fraîches, puis elles se sont réchauffées dans ma paume, ce qui était une autre preuve.

— Ce sont des vraies perles, ai-je dit. Toutes ces choses que tu as prises sont un legs. J'en suis sûre. Elles ont l'air vieilles. Je parie qu'elles viennent d'Europe.

— Un legs ? Qu'est-ce que c'est ? a demandé Corazón.

Je savais que M. Brodsky ne m'en voudrait pas d'avoir volé les bijoux et de m'être enfuie. Quand il m'avait accueillie chez lui, il m'avait confié qu'il était juif et que les Juifs comprenaient les enfants placés en foyer mieux que quiconque.

— Tu peux garder les perles, puisque tu t'appelles Pearl, OK ? Moi je garde les bagues et la montre. Ne le dis pas à Ray. Ray aime qu'on reste dans l'ombre, qu'on ne se fasse pas remarquer. Il dit que voler des choses, c'est se mettre en plein soleil.

— Ray ? Ray ?

— Ne dis rien à Ray, surtout. Il déteste quand je vole des choses. Il dit qu'il peut m'acheter tout ce que je veux.

— Ray ? ai-je demandé à nouveau.

— Oui. Ray dit qu'il peut m'acheter tout ce que je veux, mais j'aime bien voler de temps en temps. Qui n'aime pas ça, hein ? Il ne me comprend pas. Il dit qu'il m'aime, mais il ne me comprend pas. Les hommes n'écoutent pas. Voilà une bonne leçon pour toi.

— Est-ce qu'on va voir Ray ?

— Oui, bien sûr, a-t-elle dit. On va retrouver Ray à Laredo. Je ne te l'ai pas dit ? Ah, oui, j'ai dû oublier. Il m'a appelée hier soir. Je savais qu'il le ferait. Il ne peut pas passer plus de trois jours loin de moi, après il se sent perdu.

C'était la première fois que Corazón évoquait le fait que nous allions voir Ray.

Elle s'est tournée vers moi.

— Approche-toi, a-t-elle dit. C'est pour toi.

J'ai penché la tête. Elle a passé le rang de perles autour de mon cou et a refermé soigneusement le fermoir ancien en or.

— Tu seras magnifique avec ces perles devant la tombe de Selena, a-t-elle dit.

— On va à Laredo ? ai-je demandé.

— Oui, après Corpus Christi. Après avoir vu Selena.

Corazón a appuyé sa tête sur le dossier de son siège et a fermé les yeux.

— Chante-moi une chanson, Pearl. Ça m'a manqué de ne pas t'entendre chanter.

Tandis que le car m'emmenait loin de ces quatorze années passées dans une voiture au bord d'un camp de caravanes et de ces trois semaines dans un foyer d'accueil, j'ai compris mon héritage. Ma mère ne m'avait pas seulement appris les bonnes manières et raconté son enfance de cuillères en argent et de toasts à la cannelle, elle m'avait légué un fonds de placement de sentiments. Ce que j'ai compris seulement après sa mort, c'est qu'elle avait aussi de l'empathie pour les objets.

Les perles autour de mon cou pleuraient la mer perdue.

33

Les derniers mots de Leo avaient été :

— Comment pourrais-tu me manquer si tu ne t'en vas pas ?

Lorsqu'il m'a dit ça, j'ai entendu la voix de ma mère en moi :

— Pearl, chérie, ce garçon, il ne faut pas le laisser filer. Il parle comme une chanson.

Je savais que ces mots – comment pourrais-tu me manquer si tu ne t'en vas pas ? – étaient exactement la devise des enfants placés en foyer. On aurait pu la broder sur une taie d'oreiller ou l'imprimer sur un T-shirt.

Le trajet en car a pris trente-huit heures et trente minutes et nous avons eu trois correspondances. Il nous a fait longer la courbe de la corne nord du golfe du Mexique. Pour aller de la Floride jusqu'au Texas, il nous a fallu traverser les États de l'Alabama, du Mississippi et de la Louisiane.

Il y avait un couple sur les sièges devant nous. J'ai entendu l'homme dire au chauffeur que c'était leur lune de miel.

Le parfum de gardénia de la mariée nous enveloppait. Elle était comme un morceau de jardin dans l'air

243

maussade et confiné du car. Les jeunes mariés apportaient avec eux des feuilles et de la lumière. Ils faisaient entrer dans le Greyhound la terre légère au goût de citron.

Depuis mon siège, j'apercevais le dessus de leurs têtes, tandis qu'ils changeaient de position, s'appuyant l'un contre l'autre. Parfois, si je pressais mon visage sur la fenêtre, j'apercevais leur reflet dans la vitre. Ils se tenaient par la main, s'embrassaient, et se donnaient la becquée avec des tranches de pommes qu'ils prenaient dans un grand Tupperware. Pour eux, l'amour consistait à nourrir l'autre comme une mère oiseau son oisillon. Parfois, des bribes de leur conversation me parvenaient.

Le mari disait :

— Tu as encore du riz dans les cheveux. Ne secoue pas la tête, surtout.

Grâce à mon amour pour Leo, lorsque je regardais des gens s'aimer, je savais que l'amour ne m'apporterait que des ennuis. Il me manquait tellement que je savais qu'un jour j'irais le retrouver, coûte que coûte.

Pendant le voyage, Corazón m'a raconté qu'elle était arrivée aux États-Unis du Mexique dix ans plus tôt. Elle venait d'un petit village de l'État du Guerrero qui s'appelait Eden, à une heure de route environ d'Acapulco. Ray avait vingt ans de plus que Corazón et venait, lui, de Nuevo Laredo.

— La première fois que j'ai rencontré Ray, je n'étais qu'une gamine. J'avais neuf ans, ou peut-être huit. Il travaillait avec mon père dans l'import-export avec les États-Unis. Il me rapportait toujours des M&M's, les jaunes, ou des boîtes de chocolats Kisses de chez Hershey. Je me suis mariée à dix-sept ans. Mon mariage a été un vrai mariage.

J'ai eu un gâteau à sept étages. J'ai eu droit à deux orchestres et un mariachi. On a eu un combat de coqs, aussi. Et tu sais, il n'y a pas de femmes divorcées dans ma ville. Il n'y a que des veuves. Du coup, les hommes savent qu'ils ont intérêt à bien se tenir.

J'ai regardé les mains de Corazón.

— Pourquoi est-ce que tu ne portes pas tes bagues ? ai-je demandé.

— *Ay*, Pearlita, tu sais, je les ai jetées dans les toilettes. J'étais si en colère contre Ray ! J'étais si furieuse que je les ai balancées dans les toilettes.

Corazón a tendu sa main et écarté les doigts, et elle a touché l'endroit où ses bagues auraient dû se trouver.

— Demande à n'importe quel plombier, a-t-elle dit. Ils savent tous que les toilettes sont pleines de bagues et d'alliances.

— Pourquoi est-ce que Ray ne m'adresse jamais la parole ? ai-je demandé.

— C'est parce qu'il ne parle pas anglais. Et Ray n'est pas du genre à ouvrir la bouche pour que les gens se moquent de lui.

Depuis le Greyhound, je regardais par la fenêtre le paysage de camions, de voitures et de panneaux. Dans la vitre, j'apercevais le reflet du collier de perles autour de mon cou. Elles étaient à la fois fraîches et chaudes sur ma peau. Sur ma gauche, les eaux bleues du golfe du Mexique brillaient à intervalles réguliers au-delà de l'asphalte noir, derrière les arbres.

— Tu sais, tout le monde est jaloux du Mexique, a dit Corazón.

— Qu'est-ce que tu veux dire par là ?

— C'est parce que c'est là que la météorite est tombée. C'est grâce au Mexique qu'il n'y a plus de dinosaures sur la terre. Alors tu vois, s'il n'y avait pas le Mexique, il n'y aurait pas d'êtres humains.

J'ai pris un paquet de Twinkies dans la poche de ma veste. J'ai déchiré l'emballage avec mes dents et j'ai proposé un des deux petits gâteaux jaunes à Corazón.

— Merci, a-t-elle dit, en en prenant un dans le paquet. Où est-ce que tu les as trouvés ?

— Je les ai volés dans la boutique au dernier arrêt.

— Tu voles dans les magasins ?

— C'est presque la première fois, mais je pique des cigarettes aux gens depuis des siècles.

— Pendant le voyage, a dit Corazón, on va s'arrêter à Mobile en Alabama, pour prendre des sacs supplémentaires. C'est Ray qui a tout organisé.

— Pour quoi faire ?

— Ne t'inquiète pas. Il y a un homme qui sera au rendez-vous. Ensuite, on ira voir la tombe de Selena et après ça, on ira retrouver Ray à Laredo.

J'ai brisé le Twinkie en deux et j'ai léché le fourrage à la crème qui était à l'intérieur, avant de manger la génoise.

— Où est-ce que Ray va nous retrouver ?

— Dans un hôtel. On prendra un taxi depuis la station de car jusqu'à l'hôtel à Laredo.

Lorsque Corazón n'était pas occupée à me parler ou à dormir, elle envoyait des textos à Ray sur son téléphone. De temps en temps, elle se tournait vers moi et me lisait ce que Ray avait écrit.

— Ray dit que ce sont quatre sacs militaires qu'il faut qu'on récupère à Mobile.

— Ray dit qu'il va m'acheter des fleurs.

— Ray dit qu'il ne faut pas qu'on parle à des gens qu'on ne connaît pas.

— Est-ce que Ray sait que tu es venue me chercher ? ai-je demandé.

— Bien sûr, *bebe*. Ray sait tout. Il sait que tu n'es qu'une toute petite personne et que je n'allais pas t'abandonner, avec ta mère qui est toute tuée maintenant. Il me donne tout ce que je veux. Je lui ai dit que tu serais mon bébé.

Corazón a évoqué sa ville au Mexique. Elle ne m'avait jamais parlé de chez elle quand nous étions ensemble dans sa caravane. Le roulis du car lui donnait la sensation qu'elle y serait bientôt.

Assise à côté d'elle, respirant la légère odeur de diesel et l'air sortant de la climatisation vétuste du Greyhound, j'écoutais Corazón me raconter que sa ville était à une heure de la côte et du port d'Acapulco.

— On ne laisse pas n'importe qui entrer chez nous. Il faut une invitation. Si tu arrives comme ça en voiture, tu te fais tuer.

Corazón racontait que, dans sa ville, il y avait trois églises et que l'une d'elles était recouverte de feuilles d'or et qu'elle abritait même des tableaux qui étaient des copies de peintures qui se trouvaient dans la principale cathédrale de Mexico. Sur l'autel, il y avait des chandeliers en or massif. Dans le chœur, derrière l'autel, on pouvait voir une copie du tableau de la Vierge de Guadalupe.

— Enfin, c'est censé être une copie, a dit Corazón. Il y a des gens qui disent que c'est le vrai tissu, l'original, la *tilma*, et que celui que tout le monde va voir dans la basilique à Mexico est une copie. On m'a dit, c'est un secret bien sûr, que quelqu'un dans ma ville a payé trois millions de dollars en cash pour cette *tilma*.

— Tu crois que c'est vrai ?

— Dans notre ville, on sait aimer Dieu, a dit Corazón. Alors, ça pourrait très bien être vrai. Cette Vierge de Guadalupe, à moi, elle me semble tout à fait vraie.

— Qu'est-ce qui fait qu'elle a l'air vraie ?

— Il y a cinq hommes armés qui la protègent nuit et jour. Et si tu veux la voir de près, tu dois demander au prêtre. C'est lui qui donne la permission.

— Alors, oui, ça doit être la vraie. Pourquoi est-ce qu'ils garderaient un faux comme ça, sinon ?

— Bon, d'accord, d'accord, oui, c'est la vraie. Je n'ai pas le droit de le dire. Elle est même protégée derrière une vitre pare-balles.

34

Lorsque le car s'est arrêté dans la ville de Pensacola, juste avant de quitter la Floride, une femme est montée à bord, et j'ai tout de suite compris qui elle était. La voix de ma mère a dit :

— Voilà, c'est en train d'arriver.

J'ai ressenti la présence de cette femme avant même de la voir. J'ai senti qu'elle gravissait les trois marches qui menaient au bus. Puis elle est apparue au bout de la travée et s'est avancée lentement vers nous.

Je l'ai regardée et j'ai su qu'elle donnait à manger aux oiseaux tous les matins. Qu'elle savait quand il allait pleuvoir. Que les gens la sollicitaient trop et lui prenaient toute son énergie.

Elle avait environ soixante ans et elle était très belle. Elle avait les yeux noirs et ses cheveux gris étaient nattés. Ses deux longues tresses lui descendaient jusqu'à la taille. Elle ne les avait sans doute pas coupés depuis des dizaines d'années. Elle portait un T-shirt noir à manches longues et une longue jupe noire.

Un tatouage sur sa main courait jusqu'à ses doigts d'un côté et disparaissait sous sa manche de l'autre. Le dessin à l'encre représentait un entrelacs de tiges et des fleurs.

Elle s'est assise en face de nous, de sorte que Corazón et elle n'étaient séparées que par l'étroit couloir.

Quand Corazón a commencé à lui parler, je me suis détournée vers la fenêtre, mais j'ai écouté chaque mot.

— Vous êtes d'où ? a-t-elle demandé.

La femme a dit qu'elle venait de terres boueuses sans marées, et qu'elle avait des manières de marais parce qu'elle avait grandi dans les Everglades.

Elle a dit qu'il y avait une lune pour tout, même pour le meurtre, et qu'elle venait d'un endroit où un homme n'avait besoin que de tabac, de café, de sucre, de sel et d'allumettes.

— Ah oui, bien sûr, a répondu Corazón, puis elle a regardé ses mains et n'a plus rien dit.

Elle avait compris qu'elle avait ouvert la porte à une folle.

Après quelques minutes, la femme s'est penchée vers nous et a demandé :

— Alors, c'est qui cette petite fille ? Hein ?

— C'est ma fille, a dit Corazón.

— On ne dirait pas qu'elle est à vous, a dit la femme. Vous êtes quoi ? Mexicaine, c'est ça ?

— Oui, je suis mexicaine, a répondu Corazón.

— Je vous crois.

— Très bien. Ne me croyez pas si vous voulez.

— J'ai dit je vous crois.

— OK, a dit Corazón.

— En Floride, a continué la femme, on sait qu'il ne faut jamais tremper ses pieds dans la rivière. Chez nous, c'est un pays de grosse pluie, de gros vent, de gros tonnerre, de grosse haine, a-t-elle dit. En Floride, il faut faire bien attention à ce qu'on dit. Prenez garde, les prédateurs rôdent à la recherche de l'enfant seul et triste.

— Avec moi, elle est en sécurité, a dit Corazón en prenant ma main.

Alors la femme m'a fixée et m'a dit :

— Petite fille, avance à la vitesse des nœuds, celle de l'eau, pas celle de la terre.

J'ai écouté.

Elle a dit :

— Je veux être digne de la mort. Et ça, c'est possible que si on rejette la peur, la peur des vivants, la peur de ceux qui vivent une vie prudente. Ne sois pas trop prudente. On n'est que de la poussière d'étoiles, tu sais.

J'ai écouté.

Lorsque le car s'est approché de Mobile en Alabama, il y a eu de l'agitation et du bruit tandis que les gens se levaient et descendaient leurs affaires des porte-bagages au-dessus des sièges.

La femme continuait à parler.

— On n'est que de la poussière d'étoiles, a-t-elle répété. Vous avez entendu parler de la comète de Halley ? Vous connaissez l'histoire ? Elle va revenir. Surveillez bien le ciel. Elle reviendra en 2061. Vous aurez quel âge ? Vous serez peut-être mortes ?

— Moi, je serai morte, vous pouvez être sûre de ça, a dit Corazón.

J'ai observé les jeunes mariés, ceux qui étaient sur les sièges devant nous. Ils se levaient pour partir. Ils avaient dormi les quelques dernières heures du trajet. Le parfum des champs et des pâturages, des collines herbeuses est parti avec eux.

— Je descends ici, a dit la femme.

Elle s'est levée et s'est penchée vers moi par-dessus Corazón.

— Toi, a-t-elle dit en pointant son index sur moi.

Une fine branche de lierre tatouée naissait au niveau de son ongle et remontait le long de son doigt, de sa main, de son bras.

— Toi, a-t-elle dit encore, en me mettant presque son doigt dans l'œil, tu connais les chansons, hein ? Je les entends. Tu aimes bien les petites chansons pour baiser, pas vrai ?

Puis la femme s'est éloignée et a agité sa main tatouée à notre intention. Elle a remonté la travée, est descendue du car et a disparu dans la ville. J'ai compris qu'elle avait été mon oracle d'adieu à la Floride.

— C'était qui, cette femme ? Qu'est-ce que c'est que cette histoire ? a demandé Corazón. Vraiment, je ne devrais pas parler aux inconnus. Je pourrais me retrouver à parler avec le diable.

— C'était une Indienne.

— Autrefois, on n'en savait pas autant sur le diable qu'aujourd'hui, a dit Corazón. Elle sentait le vinaigre.

— C'était un vrai fantôme indien, ai-je dit.

— Elle sentait le vinaigre. C'est l'odeur de l'héroïne. Je la connais bien, a dit Corazón.

Puis elle s'est redressée sur son siège et a vite tapoté ses joues avec ses mains. Je ne savais pas si c'était un geste de réconfort ou de punition.

— Ou, tu sais, peut-être que cette femme n'était ni le diable ni une Indienne. C'était peut-être un flic en civil qui te cherche, a dit Corazón. Tu sais, je pourrais aller en prison pour t'avoir enlevée de ce foyer. Il pourrait très bien y avoir une alerte enlèvement, depuis le temps. Peut-être que tout ça, ce n'était pas une si bonne idée, après tout. Ray dit toujours que la logique mexicaine est trop mexicaine.

— Mais personne ne me cherche. Je n'ai même pas de certificat de naissance.

— Et ta mère, est-ce qu'elle t'a jamais dit qui était ton père ?

— Non, elle ne me l'a jamais dit. Tout ce que je sais, c'est que c'était un enseignant dans une école.

— Oui, évidemment, il serait allé en prison pour viol, tu sais. Ta mère était mineure.

— Je ne sais pas.

— Tu as bien aimé cette Indienne, dis donc. Je l'ai bien vu, a dit Corazón. Mais j'ai tout compris en une seconde. Elle achète et elle vend, comme presque tout le monde ici, dans ce car.

— Qu'est-ce que tu veux dire ?

— De l'héroïne. Elle espérait que j'allais lui vendre de la *black tar*. Elle essayait de deviner qui on était, mais elle ne savait pas quoi penser de toi. Je connais ces gens. Après être allée aux toilettes, elle avait la tête qui tombait en avant, comme si elle s'endormait. Elle avançait en trébuchant, comme une aveugle.

— Je ne sais pas, ai-je dit.

— Eh bien, moi je sais. Dans ma ville, au Mexique, enfin en dehors de la ville, on cultive le pavot. Tu marches dans les collines couvertes de ces magnifiques fleurs rouges et tu es sûre d'une chose : Dieu a oublié de donner à cette fleur un parfum.

35

À Mobile, Corazón et moi sommes descendues avec les autres passagers, car nous avions une correspondance avec un autre car. Nous avons dû attendre quatre heures. On s'est assises sur les chaises en métal bordeaux en face des toilettes. J'ai contemplé les ventilateurs du plafond, j'ai observé les gens qui entraient et sortaient, pendant que Corazón est allée nous acheter des bonbons Life Savers et des Cocas.

Tout avait été planifié. Cinq minutes seulement avant le départ de notre car pour Corpus Christi, deux hommes sont entrés dans la station. Ils portaient chacun deux très longs sacs militaires noirs.

Corazón les a salués tous les deux. Elle les connaissait. Je n'ai pas reconnu le Mexicain mais je connaissais l'autre parce que, parfois, il conduisait les camions qui apportaient les ordures jusqu'à notre décharge, derrière le camp de caravanes. Il était grand et maigre, et sa peau blanche était profondément brûlée par le soleil. Il portait un T-shirt à manches courtes et j'ai même reconnu la sirène tatouée sur son bras droit. Je me rappelais l'avoir aperçu en train de parler avec Ray à la décharge, quand Ray cherchait des journaux.

En observant son visage, j'arrivais à sentir l'odeur des oranges amères et pourries de la décharge. L'homme ne m'a pas reconnue avec mes cheveux teints en noir. Et je n'allais pas secouer le kaléidoscope de ses souvenirs.

Les deux hommes ont aidé Corazón avec les sacs et les ont placés dans la soute à bagages du car. Ils nous ont aussi aidées à y caser mon sac et la valise de Corazón, à côté des nouveaux sacs.

Puis j'ai vu le Mexicain dire quelque chose au chauffeur du car et lui glisser une enveloppe Kraft. Ensuite, les deux hommes ont tourné les talons et sont partis. Ils n'ont même pas dit au revoir à Corazón.

Nous avons montré nos billets au chauffeur et sommes remontées à bord.

— Aujourd'hui, enfin, je suis en route pour aller voir la tombe de Selena, a dit Corazón. Voilà le jour que j'attends depuis si longtemps.

— Oui.

Pendant tout le temps où nous avons roulé sur l'auto-route, Corazón était comme un vrai juke-box qui passerait des chansons de Selena.

Je me suis appuyée contre la fenêtre et j'ai regardé dehors.

Dès que je commençais à m'assoupir, les armes étaient là. Tandis que nous roulions sur la route, au-dessus de centaines de crimes, ma maladie d'empathie envers les objets s'épanouissait.

Dans l'estomac du Greyhound, il y avait une carabine d'assaut Smith & Wesson M&P, un fusil d'assaut DPMS Panther Arms, un pistolet Smith & Wesson, un pistolet Llama, un pistolet Glock, un pistolet Smith & Wesson, un pistolet Taurus, un fusil d'assaut Del-Ton, un pistolet semi-automatique calibre 40, un Glock calibre 45, un pistolet Beretta, un pistolet semi-automatique Smith & Wesson, une carabine Remington, un fusil d'assaut Bushmaster XM-15, une carabine Savage Mark II calibre 22, un pistolet semi-automatique Springfield Armory, un fusil semi-automatique Smith & Wesson, une carabine Remington, un pistolet semi-automatique Glock calibre 40, un pistolet FN Herstal, un pistolet Beretta 92 FS calibre 9×19 Parabellum, et un revolver Beretta PX4 Storm.

Je sentais les armes sous moi et leur présence s'infiltrait dans le car en même temps que les gaz d'échappement. Quand nous étions dans sa caravane, je regardais Corazón les nettoyer et je l'avais sans doute aidée à étiqueter chacune d'entre elles.

Et j'entendais la chanson, comme une sorte d'hymne :

C'est dur, tu me manques quand tu n'es pas là, baby, j'ai mon pistolet dans ta bouche.

Fais-moi signe avec tes jolis yeux si tu as l'intention de rester.

Une fois, une biche, une biche de Virginie, avait fait l'erreur de s'aventurer dans notre camp. Lorsqu'Avril May et moi étions rentrées de l'école, l'animal mort était étendu devant sa caravane. Du sang s'écoulait de tous les trous qui constellaient son corps. Il gisait sur le côté, les yeux fermés. Il était criblé de dizaines de trous. C'était le père d'Avril May qui l'avait tué.

— Elle était juste venue faire un petit tour, avait dit Avril May. Elle serait repartie un peu plus tard.

Elle avait dit ça avec tristesse. Dans notre monde de reptiles et d'amphibiens, la biche portait en elle trop de beauté pour exister sur notre terre.

— Mettez-vous à califourchon sur cette biche, les filles, nous avait dit le sergent Bob, alors que nous étions là à contempler sa carcasse. Je veux faire une photo de vous deux à cheval là-dessus. Regardez un peu sa taille. Elle est vraiment grande. Purée, c'est une sacrément grande biche.

Il faisait chaud et humide, ce jour-là. L'air était un bouillon de moustiques. Des mouches bourdonnaient déjà autour de l'animal mort. Il sentait mauvais.

Le père d'Avril May portait son uniforme de combat et se tenait sur ses deux jambes, ce qui signifiait qu'il avait fixé sa prothèse sur son moignon. Il tenait encore son fusil de chasse dans une main.

Je voyais Noelle, qui quittait rarement sa caravane, debout derrière un arbre et qui n'en perdait pas une miette.

Plus tard, lorsque je lui avais demandé ce qu'elle pensait du fait que le sergent Bob ait tué la biche, elle avait répondu :

— Ne t'inquiète pas, personne ne la pleurera.

Et personne n'était venu voir ce qui se passait. Ni le pasteur Rex, ni Mme Roberta Young, ni les Mexicains ou ma mère ne s'étaient présentés. Même Rose était restée dans sa caravane, en espérant qu'on n'en parlerait bientôt plus. Le fait que personne ne sorte de sa caravane était davantage lié au père d'Avril May qu'à l'animal lui-même. Tout le monde savait que le sergent Bob pouvait péter un plomb.

— Allez les filles, asseyez-vous sur cette biche. Allez, hue dada ! insistait le père d'Avril May.

Nous n'avions aucune envie de nous approcher de la carcasse ni des mouches.

Nous avions reculé.

— Non, avait répondu Avril May, c'est même pas un cheval.

Son père avait alors laissé tomber son fusil et, en deux longues enjambées maladroites, il s'était retrouvé près d'elle. Il l'avait attrapée par le haut de son bras, qui semblait soudain dans sa main aussi fin qu'une paille en plastique, et l'avait tirée vers la biche, puis forcée à s'asseoir sur son ventre.

À ce stade, Avril May pleurait. Elle portait un short et je voyais que ses jambes nues étaient barbouillées du sang de l'animal. Je ne l'avais jamais vue pleurer.

J'étais vraiment désolée pour elle, mais pas assez pour rester, alors j'étais rentrée en courant jusqu'à notre voiture aussi vite que je pouvais. Je m'étais enfermée dans la Mercury et je m'étais allongée sur le siège arrière, bien à plat sous le tas de sacs en plastique de ma mère.

Le lendemain, Avril May et moi étions revenues du collège ensemble. Je savais qu'elle ne m'en voudrait pas. En Floride, personne n'en veut jamais à personne de s'enfuir.

— Qu'est-ce qui est arrivé à la biche ? lui avais-je demandé.

— Il l'a traînée jusqu'à la décharge et l'a laissée là-bas.

— On a intérêt à ne pas y aller pendant quelque temps.

— Tu m'étonnes.

Le dimanche suivant, à l'église, le pasteur Rex avait dit que c'était le jour d'Ézéchiel. Ça m'avait fait penser à la biche, comme si elle méritait elle aussi une prière.

Le pasteur Rex avait lu :

— Le Seigneur m'a dit alors : « Prophétise et parle à l'Esprit ! Prophétise, fils de l'homme, et dis à l'Esprit : Ainsi parle le Seigneur Dieu : Viens des quatre vents, Esprit ! Souffle sur ces morts, et qu'ils vivent ! »

Alors, quand j'ai su que nous avions quatre sacs remplis d'armes dans le car, j'ai compris que ma vie d'avant ne finirait jamais. Que je n'arriverais jamais à effacer le tableau noir de mon esprit ni à me débarrasser de ma mémoire, qui était maintenant comme un seau rempli de saletés.

Grâce à ma mère, je savais que la mémoire était seule capable de remplacer l'amour. Grâce à ma mère, je savais que le monde des rêves était l'unique endroit où je pouvais aller me réfugier.

Ma mère avait toujours dit :

— Rêver, ça ne coûte rien. Dans les rêves, tu n'as pas besoin de payer les factures ni le loyer. Dans les rêves, tu peux t'acheter une maison et être aimée.

Dans le Greyhound, je me suis souvenue d'un autre jour au camp de caravanes. C'était quelque temps après ma dispute-pour-toujours avec Avril May, et je ne savais pas encore que nous ne nous parlerions plus jamais. À présent, cela paraissait si bête de ne plus être amies.

Ce jour-là qui m'était revenu dans le car, il avait plu. L'ouragan prévu par la météo était passé au large de la Floride et avait faibli au-dessus du golfe du Mexique. Il n'y avait pas eu d'orage, mais une semaine de nuages.

Cet après-midi-là, Eli était dans la Mercury avec ma mère, et moi j'étais chez Corazón et Ray en train de faire mes devoirs.

Corazón nettoyait une arme sur le plan de travail de la cuisine.

Ce jour-là, alors que la pluie tombait sans s'arrêter sur le toit métallique de la caravane, Corazón avait poussé un petit cri et jeté l'arme qu'elle nettoyait sur le comptoir.

— Qu'est-ce que je vois ? avait demandé Corazón.

Le pistolet avait glissé sur la surface en inox et était tombé par terre.

— Qu'est-ce qui se passe ?

Corazón avait reculé de quelques pas loin du pistolet et avait mis sa main sur sa bouche.

— Regarde ! avait-elle dit en montrant l'objet du doigt.

— Qu'est-ce qu'il y a ?

— Oh, oh, dit-elle.

— Qu'est-ce qui ne va pas ?

— Ce pistolet. Regarde, il a encore du sang partout sur lui.

Je m'étais levée et m'étais approchée de Corazón. J'avais regardé l'arme sur le sol.

Elle était couleur brun foncé et nous avions compris toutes les deux qu'il s'agissait de vieux sang séché.

— Qu'est-ce que tu vas faire ? avais-je demandé.

— Qu'est-ce que tu crois ?

— Appeler la police ?

— Non, avait dit Corazón. Non, je vais aller chercher du savon Tide.

Cette arme-là se trouvait aujourd'hui dans le Greyhound.

36

— Si tu veux savoir qui t'aime, tu n'as qu'à tomber malade, a dit Corazón.

Nous nous étions assoupies après avoir quitté Mobile. Corazón m'a réveillée en me secouant et en me disant ces mots.

— Si tu veux savoir qui t'aime, tu n'as qu'à tomber malade, a-t-elle répété.

— Qu'est-ce qui t'a fait penser à ça ?

— C'est un conseil que me donnait ma grand-mère. Je viens de m'en souvenir et je voulais te le dire avant d'oublier. Ça veut dire quoi, à ton avis ?

— Je n'en sais rien, ai-je dit.

— Ça veut dire qu'il faut faire semblant d'être malade tout le temps, comme ça, tu sais qui t'aime ! D'accord ?

— D'accord, ai-je répondu.

— Il y a une chose que je n'ai jamais réussi à comprendre, a dit Corazón.

— Qu'est-ce que c'est ?

— Qu'est-ce que tu fais quand tu as un désir fou pour un homme marié ? Tu ne peux plus dormir, tu es tout en désordre à l'intérieur.

— Ça t'arrive parfois ?

— *Ay*, ma Pearlita, a-t-elle dit, tu es encore si jeune.

Au début du voyage, quand j'allais aux toilettes, j'essayais de ne pas entrer en contact avec tous les microbes de la côte Est à la côte Ouest, *d'océan-à-océan-scintillant* du Greyhound dont je savais qu'ils étaient partout. Rien que de penser à tous les gens qui étaient venus là, il me venait une grimace de dégoût. Dans la poubelle ouverte, j'apercevais une couche de bébé, une vieille seringue et un livre. Je n'ai pas osé plonger la main dedans pour voir de quoi parlait le livre. Les cigarettes et l'ennui n'étaient pas assez puissants pour que je signe un traité de paix avec la saleté.

Manifestement, Corazón ne partageait pas mes idées, car elle est revenue après plusieurs voyages aux toilettes et m'a dit :

— Dis donc, je lisais ce livre, tu sais, celui qui est dans la poubelle. Il parle de pêche à la mouche. Tu savais que les gens fabriquent leurs propres mouches ? C'est compliqué. Il faut faire des nœuds pour qu'elles ressemblent à des insectes, pour tromper les poissons.

— Je ne savais pas.

— Jette un œil dessus la prochaine fois que tu iras aux toilettes, a dit Corazón.

On s'approchait du Texas. Corazón s'est mise à parler de Selena et de sa ville, au Mexique.

— On a les plus belles fêtes, la meilleure musique. Une de mes nièces voulait faire venir une chanteuse célèbre pour ses quinze ans. Son père lui a offert une des plus célèbres, tu sais, Christina Aguilera ou Jennifer Lopez. Une de celles-là. Une Latina. Je ne me rappelle pas laquelle, parce que j'étais déjà ici, aux États-Unis, quand ils ont organisé cette fête. Le

12 décembre, pour le jour de la Vierge de Guadalupe, un autre de mes oncles recouvre toute la ville de roses, dans des vases, dans des seaux. Tout le monde, dans la région de Mexico, sait qu'il n'y a plus une seule rose à vendre, il les achète toutes.

Les heures passaient et nous nous rapprochions de Corpus Christi. Corazón a cessé de parler de son enfance. Elle est devenue toute surexcitée et s'est mise à fredonner la chanson de Selena « *Tu solo tu* ».

Elle avait tout planifié. Nous allions descendre à l'hôtel où Selena avait été tuée. Corazón savait, grâce au fan-club de la chanteuse, que le numéro de la chambre où elle avait été mortellement touchée en s'enfuyant devant les balles avait été changé. Ce n'était plus le 158 mais le 150.

— L'hôtel ne fait pas payer plus cher pour cette chambre, a dit Corazón. Je crois qu'ils ont seulement changé la moquette. Quand j'ai appelé pour réserver une chambre, ils ont fait comme s'ils ne comprenaient pas de quoi je parlais.

— Est-ce qu'on sera dans cette chambre ?

— Tu sais, j'y ai pensé, a dit Corazón. Mais j'ai changé d'avis. Je crois que si j'occupais cette chambre, ça me rendrait si atrocement triste que je serais triste jusqu'à la fin de mes jours. Je n'arriverais jamais à l'effacer de ma mémoire.

La ville de Corpus Christi a été construite sur les rives de la baie de Corpus Christi. En entrant dans la ville, nous avons vu des rangées de voiliers amarrés aux pontons. Le ciel était bleu clair et les eaux de la baie d'un bleu-noir profond. Entre ces deux tunnels bleus de ciel et d'eau, nous sommes arrivées à la station de Greyhound.

Avant de descendre du car, Corazón m'a chuchoté :

— On ne va pas prendre les sacs avec nous. Prends juste tes affaires et je prendrai les miennes. Ray s'est arrangé pour que quelqu'un les réceptionne et les apporte à Laredo.

J'étais très contente de m'éloigner de ces armes qui me faisaient faire des cauchemars qui disaient n'oublions-pas-qui-nous-avons-tué.

Nous avons pris un taxi jusqu'à l'hôtel.

— C'est au 901, Navigation Boulevard, a dit Corazón au chauffeur.

Elle a prononcé les mots lentement, comme si elle récitait un poème.

Elle a descendu sa vitre et a regardé la ville.

— Aujourd'hui, on pourrait être le 31 mars 1995, a-t-elle dit. C'est comme si on y était.

Nous nous sommes présentées à la réception, dans le hall même où Selena avait couru pour chercher de l'aide, une balle dans l'épaule. Corazón a tendu sa carte de crédit à l'employé, puis elle a regardé autour d'elle pendant qu'il activait nos clés électroniques.

— Rien n'a changé, a-t-elle dit.

Nous avons marché en direction de notre chambre sur le sol même où Selena était tombée. Corazón avançait sur le carrelage d'un pas léger, sur la pointe des pieds, comme si elle craignait d'écraser quelque chose. Elle parlait aussi à voix basse, comme si elle avait peur de réveiller quelqu'un.

Cette nuit-là, après avoir mangé une pizza que nous avions commandée, nous nous sommes allongées l'une à côté de l'autre dans nos lits jumeaux. Je m'attendais à ce qu'elle me parle toute la nuit, mais dès qu'elle s'est retrouvée sous les couvertures, elle a dit :

— Cet hôtel est comme un temple.

Et elle n'a plus dit un mot.

Le lendemain matin, Corazón et moi sommes allées nous recueillir sur la tombe de Selena.

Un taxi nous a emmenées au Seaside Memorial Park and Funeral Home. Le chauffeur savait exactement où nous allions.

— Tout le monde vient par ici pour voir Selena, a-t-il dit.

Il parlait anglais avec un fort accent mexicain.

— Tout le monde l'aimait. Une fois, j'ai même conduit deux travestis qui venaient de Mexico pour se rendre sur sa tombe. Ils ont pleuré tout le temps.

— Moi aussi, je vais pleurer, a dit Corazón. Ça sert à ça, les larmes.

Le cimetière était grand, avec de petites tombes, sauf celle de Selena, sorte de petit monument qui ressortait dans le paysage plat. Placée sous le plus grand arbre *mezquite* du cimetière, sa tombe était entourée d'une barrière en fer forgé, avec des panneaux qui disaient : *Entrée interdite. Respectez le site de la tombe.*

Sur la tombe même se trouvait le visage de Selena, gravé dans le bronze. En dessous, ces mots : *Selena Quintanilla Perez : 16 avril 1971 – 31 mars 1995.*

— Aujourd'hui je vois sa tombe, a dit Corazón. Maintenant je le crois. Selena est morte.

Corazón a baissé la tête et a cherché la citation gravée en dessous. Elle a lu les mots à voix haute :

— *Il anéantira la mort pour toujours, et le Seigneur Dieu essuiera les larmes sur tous les visages. Esaïe.*

J'ai fait le tour de la tombe et je me suis arrêtée sous l'ombre accueillante de l'arbre.

— C'est un ange, a dit Corazón. Comment est-ce qu'on a pu la tuer ?

Je n'ai pas voulu voir le visage de Corazón. Je savais qu'elle pleurait et je n'avais pas envie de la consoler.

Une brise remuait le ciel de branches au-dessus de moi. Je me sentais somnolente et je voyais toute la scène.

Ce fameux jour, Selena avait tenté d'échapper à l'arme avec une balle de calibre 38 à pointe creuse dans le corps. Dans le sillage et le reflux de sa fuite, elle avait laissé une traînée de sang de cent vingt mètres de long.

Selena était un moineau noir ouvrant ses ailes. Elle avait perdu tout son sang en courant à travers le champ du parking, dans le bosquet de voitures, en direction des hautes herbes du hall de l'hôtel. Elle appelait : Attendez, attendez-moi. Elle demandait à la mort de l'attendre, elle la rattrapait, elle y était presque.

— J'ai de l'adoration pour elle, a dit Corazón.

Elle faisait le tour de la tombe, contemplant les lettres de fans qui étaient posées contre la grille de fer qui entourait le site ou collées dessus avec du scotch.

— J'ai de l'adoration pour elle, comme tous ces gens, a continué Corazón. J'aurais dû apporter une lettre, moi aussi. On aurait dû apporter des fleurs.

Certaines des lettres de fans étaient dans des enveloppes cachetées. Personne ne les lirait jamais.

— Maintenant que je suis ici, je me dis chaque fois que je regarde une tombe que les gens d'avant, ceux d'avant mon époque, me manquent, a dit Corazón. Est-ce qu'à toi aussi, les gens que tu n'as pas connus te manquent ?

— Oui, ai-je dit. Moi, je n'ai jamais connu personne.

Nous avons passé encore quelques minutes devant la tombe de Selena, puis nous avons retraversé le cimetière et sommes retournées sur la route où nous attendait le chauffeur de taxi.

Corazón lui a demandé de nous conduire en ville, à la marina. Le chauffeur était d'humeur bavarde.

— C'est un privilège pour moi de vous avoir emmenées à la tombe de Selena, a-t-il dit. Je dis toujours qu'emmener les gens ici, c'est ma façon de la garder en vie.

Si Avril May avait été avec nous, elle aurait dit :

— Dis donc, ce type sait s'y prendre pour recevoir un bon pourboire !

Quand nous sommes sorties du taxi, Corazón a donné au chauffeur un billet de cinq dollars en plus.

— Allons au bord de l'eau, a-t-elle dit.

Nous avons marché le long du ponton, passant devant de grands voiliers et des bateaux à moteur, jusqu'au bout de la longue promenade. Là, nous nous sommes assises en tailleur sur les planches en bois et nous avons contemplé la baie.

L'eau d'un bleu-noir me rappelait les après-midi après l'école, quand Avril May et moi allions à la rivière pour fumer. Elle était la seule personne qui savait qui j'étais. Elle savait me mettre au défi d'enlever mes chaussures et de plonger mes pieds dans les eaux infestées d'alligators. Si j'avais vécu dans une maison, sous un toit, elle m'aurait mise au défi de sauter du toit.

Une fois, elle m'avait convaincue de boire une bière alors que je n'avais que neuf ans, parce que, disait-elle, cela m'obligerait à dire la vérité. Une fois que j'ai été saoule, elle m'a posé toutes sortes de questions. Elle en avait dressé toute une liste, y compris qui était mon père et si je serais capable de tuer quelqu'un.

Mais elle ne m'avait pas mise au défi de traverser l'autoroute les yeux fermés. Elle savait que je l'aurais fait.

Assises sur le ponton de la marina à contempler la baie, Corazón et moi étions l'une contre l'autre, si bien que mon bras frôlait le sien. Ça m'a fait penser comme parfois on effleure le corps des autres accidentellement, et comme on dit toujours qu'on est désolé. Je n'étais pas désolée. Je me suis même rapprochée, m'appuyant contre elle pour que nos genoux se touchent.

Corazón a sorti un paquet de cigarettes de son sac.

— S'il n'y avait pas eu ma vie, je sais que j'aurais été quelqu'un, a-t-elle dit. Mais je ne peux pas échapper à ma vie, parce que c'est ma vie.

Au loin, un voilier a déployé sa voile. Elle s'est ouverte et s'est gonflée comme une robe de mariée.

Sur le ponton à côté du nôtre, deux garçons faisaient voler des cerfs-volants rouges et bleus.

J'entendais le bruit du vent tout autour de moi qui bousculait toute chose et secouait le monde, le faisant osciller.

L'arme était au fond de la baie.

Le lundi 10 juin 2002, le revolver Taurus calibre 38 à 5 coups et à crosse en bois qui avait servi à tuer Selena avait été découpé en cinquante morceaux de la taille d'une pépite avec une scie, et balancé dans la baie de Corpus Christi. C'était Jose Longoria, un juge du tribunal de district du Texas, qui avait ordonné qu'on détruise l'arme et qu'on la jette dans la baie.

Si Avril May avait été avec moi, elle aurait dit :

— Cet idiot de juge a envoyé l'arme à la guillotine.

J'ai contemplé la tombe liquide, la tombe où reposait le revolver, dans l'eau-corps-du-Christ.

Même si Avril May m'avait soumise au test du détecteur de mensonges par l'alcool-sérum-de-vérité, je savais que je n'avais toujours aucune idée de qui j'étais.

37

L'après. Je n'avais pas pensé à l'après. Je n'avais pas pensé à ce qui arriverait après la visite à la tombe de Selena. D'un grand coup de balai, Corazón m'entraînait dans sa vie. Elle était le balai et j'étais la poussière.

J'étais comme une de ces gamines qui ne réfléchit pas, qui conduit sa voiture trop vite, qui boit beaucoup trop. J'habitais à l'intérieur même du mot « risque », comme si c'était mon adresse.

Une fois dans le car en route pour Laredo afin de retrouver Ray, j'ai pensé à Leo. J'aurais bien aimé être à nouveau dans la grande maison propre de M. Brodsky.

Je commençais à me dire que je devrais peut-être faire demi-tour. Je me suis mise à repenser à ma mère et à nos voyages imaginaires en voiture, quand elle disait :

— Allez, on part en voyage. On laisse des traces de pneus sur l'asphalte. Pied au plancher. Allez, on fait marche arrière. Fais demi-tour. Marche arrière.

Dans le Greyhound, alors que je roulais en direction de Laredo et de Ray, je n'avais envie que d'une chose, c'était retourner en arrière. Je voulais retrouver ma vie dans la voiture, mon lait en poudre mélangé à de l'eau, l'odeur du Raid sur ma peau et le goût des morceaux de sucre qui fondaient sur ma langue.

Tout ce qui restait de mon ancienne vie était une brosse à dents en plastique avec Jésus sur la croix qui reposait dans une rivière sur un lit de balles de fusils.

J'ai demandé à Corazón si elle n'aurait pas un petit sachet de sucre. Elle était toujours en train d'en voler, comme les sachets de thé. Son sac à main regorgeait de tout ce qu'elle pouvait piquer sur la route.

J'aurais voulu du sucre, mais Corazón n'avait qu'un sachet jaune d'édulcorant Splenda. C'était mieux que rien. Je l'ai déchiré d'un coup et j'ai versé la poudre dans la paume de ma main. Puis je l'ai léchée. Il y a beaucoup de choses qui sont mieux que rien.

— Je n'ai jamais vu personne manger du Splenda comme ça, tout seul, a dit Corazón.

— Moi non plus.

En réalité, une fois l'excitation de la visite à la tombe de Selena retombée, je ne pensais plus qu'à ma mère et à Leo.

Et Corazón était le témoin de la tristesse qui me gagnait. Celle qu'on éprouve en marchant sur les rails d'un train.

38

L'hôtel River Inn à Laredo était proche du Rio Grande et de la frontière entre les États-Unis et le Mexique. L'endroit était délabré. Les plantes en pot étaient mortes et le carrelage du hall d'entrée fissuré. La piscine restait vide, mais quelques vieux ballons en plastique gisaient au fond. Je me suis dit que les enfants devaient descendre par l'échelle en métal et jouer au ballon dans ce trou sans eau.

L'hôtel avait été construit au bord de l'autoroute et le vacarme des camions qui passaient devant ne s'arrêtait jamais.

La femme à la réception connaissait bien Corazón et l'a saluée dans un mélange d'espagnol et d'anglais. Elle lui a expliqué que Ray était déjà arrivé et qu'il avait même réservé une chambre supplémentaire pour moi.

— Ray aime bien cet endroit parce que c'est toujours vide. Personne ne descend ici, a dit Corazón, tandis que nous marchions vers les chambres alignées en face du parking.

Nos deux chambres étaient l'une à côté de l'autre.

— À tout de suite. Défais ton sac. Prends une douche.

Corazón était comme essoufflée. Je connaissais cette excitation. Je l'avais vue chez ma mère. Je l'avais moi aussi ressentie lorsque Leo était sur le point de rentrer du lycée. Elle cherchait Ray des yeux. Elle savait qu'il était tout près.

Ma chambre sentait le Monsieur Propre à la lavande et à la vanille. Je connaissais bien cette odeur, car ma mère en volait des bouteilles à l'hôpital des vétérans. Elle l'utilisait pour récurer l'intérieur de la Mercury parce que, dans l'air humide de la Floride, nous nous battions sans cesse contre la moisissure qui s'installait très vite sur les sièges et les tapis. Le parfum de Monsieur Propre imprégnait la voiture pendant des jours.

J'ai posé mon sac sur le lit et j'ai ouvert le zip. La première chose que j'ai faite a été d'en sortir le petit pistolet noir d'Eli, enveloppé dans mes T-shirts. J'ai regardé autour de moi pour trouver un endroit où le cacher, et je l'ai mis sous mon oreiller.

Je commençais à me dire que j'aurais peut-être dû laisser l'arme dans la Mercury avec le sac rempli de morceaux de sucres Domino et la boîte de Cheerios.

Sur la route vers Laredo, Corazón m'avait prévenue que l'hôtel était assez affreux. Mais quand vous avez vécu dans une voiture, n'importe quel hôtel est un palais, même s'il y a des cafards et des taches sur les draps et les tapis.

J'avais très envie de prendre une longue douche bien chaude, mais j'avais encore plus envie de fumer. C'était Corazón qui avait les cigarettes, alors je suis sortie pour lui en demander une avant de me laver.

J'ai frappé à sa porte, mais Corazón n'a pas ouvert. Elle a demandé qui c'était derrière la porte fermée.

— C'est moi, Pearl, ai-je dit. Moi.

— Qu'est-ce que tu veux ? a-t-elle demandé.

La porte restait fermée.

Puis Corazón a entrebâillé la porte.

— Une minute, a-t-elle dit.

Elle est retournée dans la chambre me laissant à la porte.

Je l'ai poussée légèrement et j'ai risqué un œil à l'intérieur.

À l'intérieur se trouvaient deux lits *queen-size*.

Les quatre sacs militaires que nous avions récupérés à Mobile et convoyés dans le car reposaient sur un des lits, grands ouverts. Sur l'autre lit, les armes étaient disposées par taille comme si quelqu'un était en train de les compter. Partout, il y avait des journaux froissés et pliés, qui ressemblaient aux papiers cadeau d'une fête d'anniversaire. Les journaux avaient servi à emballer les armes.

Corazón a pris les cigarettes dans son sac et s'est retournée. Elle m'a vue debout dans l'encadrement de la porte qui regardais dans la pièce.

— Oh, après tout, entre et viens fumer avec moi, a-t-elle dit. Il n'y a pas de place pour s'asseoir. Où est-ce que je suis censée mettre ma valise, hein ? Et mes affaires ? Ray s'est étalé partout dans la chambre avec ses armes !

La valise de Corazón était près de la porte de la salle de bains, encore fermée.

— Tu vois, Ray est en train de les compter. Il n'a confiance en personne. Ensuite, il faudra qu'il les remballe tous. Et il a raison. La vérité, c'est que le pasteur Rex dit toujours qu'il y a cinquante fusils, quand en fait il y en a quarante-huit. Enfin, ce genre de choses. Il triche toujours, tu sais.

— Ce sont les armes du pasteur Rex ?

— Oui, bien sûr, a dit Corazón. Évidemment.

— Alors Eli est ici ?

— Oui, bien sûr.

— Et le pasteur Rex aussi ?

— Non, non. Lui et Eli ont eu une grosse dispute. On n'a plus entendu parler du *señor Rex*, parce qu'il a dit que le fait que ta mère se soit fait tuer a fichu en l'air le business pour nous tous. Oui, la police a appris pour les armes et on a dû tous se carapater. J'ai tout laissé derrière moi.

Je savais que la caravane du pasteur ainsi que celle de Corazón et Ray resteraient vides pendant des années. Des domiciles abandonnés dans des camps de caravanes, il y en avait partout, dans tous les États-Unis. Je savais aussi qu'Avril May n'aurait jamais le cran d'aller fouiller dans les affaires abandonnées du pasteur Rex sans moi.

— Alors, Eli est ici ? Je vais le voir ? ai-je demandé.

Son nom sonnait le glas en moi.

— Oui, bien sûr.

Alors, la chanson est venue. Elle est venue dans ma tête. Elle résonnait en moi et c'était celle de Louisiana Red :

Tu es liée à moi, ma belle,
Je sens ton joli sang qui m'appelle,
Et même si tu t'enfuis,
Je te r'trouverai avant la nuit,
Parce que t'es liée à moi, ma belle,
Et je sens ton joli sang qui m'appelle.

Et j'ai entendu ma mère, avec ses mots comme des « amen » d'après la prière. Elle disait :

— La poisse, c'est mieux que rien du tout.

39

— Tu peux m'aider à emballer ces fusils, a dit Corazón, après qu'on a eu fini nos cigarettes. Ray les a tous comptés. Il est allé s'occuper de quelque chose et chercher le SUV qu'on laisse garé dans un garage. Ça ira beaucoup plus vite si tu m'aides. Après toutes ces heures passées dans ce car pour chiens, tout ce que je demande, c'est une douche.

Je suis entrée dans la chambre en marchant sur les journaux froissés. J'ai poussé les sacs vides pour pouvoir m'asseoir sur le bord du lit et j'ai aidé Corazón à remballer les fusils. Une forte odeur de vinaigre s'élevait d'un des sacs.

J'ai regardé les journaux tout autour de moi et j'ai revu Ray qui venait en chercher dans la décharge, au camp de caravanes, et qui en achetait aux types qui apportaient les ordures dans les camions. Les piles de vieux journaux à l'extérieur de la caravane de Ray et Corazón sont apparues devant mes yeux. Les jours de pluie, Corazón découpait et ouvrait de grands sacs-poubelle et courait dehors pour en recouvrir les papiers pour ne pas qu'ils soient mouillés.

J'ai contemplé les journaux qui remplissaient cette chambre du River Inn. J'ai contemplé les armes empilées sur le lit.

Toute chanson en moi avait disparu.

— Aide-moi, a dit Corazón. On peut faire ça vite.

J'ai pris une carabine. Dessus, il y avait une étiquette avec mon écriture.

En emballant un fusil d'assaut DPMS Panther Arms, j'ai parcouru le journal dans lequel je l'enveloppais. On pouvait y lire :

> *Les Indiens Miccosukee de Floride exigent que leurs membres puissent se prévaloir d'au moins une demi-ascendance Miccosukee et ils acceptent les personnes avec une mère Miccosukee qui n'est enregistrée dans aucune autre tribu. La tribu pratique un système de parenté et d'héritage matrilinéaires. Les enfants naissent dans le clan de leur mère, par lequel ils acquièrent leur statut dans la tribu.*

En emballant un fusil d'assaut Smith & Wesson MP, j'ai lu :

> *Suite à un appel signalant un feu de forêt, les députés du bureau du shérif du comté de Putnam ont suivi une piste jusqu'à un atelier clandestin de production de méthamphétamine, situé dans une cabane, selon un rapport du bureau du shérif.*

En emballant une carabine Savage Mark II calibre 22, j'ai lu :

> *La migration d'hiver annuelle des grues blanches vers la Floride, une espèce en voie d'extinction, a été menée à bien à l'aide d'aéronefs ultralégers.*

En emballant un fusil d'assaut Del-Ton, j'ai lu :

Lors d'une audience à Daytona Beach, un juge de Floride va réfléchir à un arrangement pour une mère qui a tenté de mettre fin à ses jours et à ceux de ses enfants en roulant avec son minivan jusque dans l'océan. Ce même jour, la police a arrêté un père de famille du centre de la Floride, deux semaines après que son fils de cinq ans a tiré sur son frère de deux ans. Une mère de trois enfants a été appréhendée jeudi après que l'un de ses enfants a été retrouvé seul, marchant le long d'une autoroute. La jeune fille de douze ans portait un sac de voyage et un sac à dos. Elle tentait de fuguer. La police rapporte qu'elle a été incapable de lui fournir l'adresse de son domicile.

En repliant le journal, j'ai lu :

Quand il y a plus d'un carreau, le singleton n'est pas une bonne nouvelle ; le joueur Nord devrait enchérir discrètement sur un cœur, avec quatre cartes dans le courant des enchères.

Tandis que j'empilais les armes les unes sur les autres en tas selon leur taille, j'ai parcouru l'horoscope. Pour les Taureau, j'ai lu :

Parfois, les choses que vous préférez ne sont pas vraiment vos préférées.

Pour les Vierge, j'ai lu :

Les voyages et les rencontres amoureuses sont encouragés.

J'ai emballé trois carabines AR-15 calibre 223, un pistolet Beretta PX4 Storm, un pistolet Glock, un pistolet Smith

& Wesson, un pistolet semi-automatique Taurus calibre 40, un Glock calibre 45, un pistolet Beretta, deux pistolets semi-automatiques Smith & Wesson, un fusil de chasse Remington, une carabine Bushmaster XM-15, et j'ai lu les BD, les petites annonces, le sport, la météo, le guide TV et les annonces des naissances.

J'ai lu aussi toute la rubrique nécrologique.

40

Tard dans la nuit, j'ai entendu qu'on frappait doucement à ma porte.

Je ne me suis pas levée pour ouvrir, j'ai juste crié : Entrez.

J'étais sûre que c'était Corazón qui venait chercher son briquet Bic que j'avais gardé.

La porte s'est ouverte.

J'ai entendu sa voix avant même de le voir.

— Qu'est-ce que tu fais ici, petite ?

Eli se tenait dans l'encadrement de la porte. La lumière du parking derrière lui faisait ressortir le contour de sa silhouette, et son chapeau jetait une ombre sur son visage. Eli portait un chapeau même au milieu de la nuit. Dans le monde qui était le sien, la lune brûlait plus fort que le soleil.

Je me suis redressée dans mon lit et j'ai ramené la couverture sur ma poitrine.

Il portait la ceinture avec la boucle argentée de Monsieur Ne Reviens Pas, avec l'aigle doré, ses ailes déployées en cercle au centre de la boucle.

Eli m'a parlé de sa voix chantante :

— Oh, ma jolie jolie petite poupée, qu'est-ce que tu as fait à tes cheveux ?

— Je les ai teints.

— Pourquoi ? Tu participes à un concours de beauté ? Tu te fais la malle ?

— Peut-être.

— C'est Corazón qui t'a enlevée ? Ou tu avais envie de partir avec elle ?

— Peut-être.

— C'est le seul mot que tu connaisses ? Peut-être ? a-t-il dit.

— Peut-être, ai-je répondu.

— Je parie que tu lui dois de l'argent. Où est-ce que tu as trouvé ce nœud coulant de perles que tu as autour du cou ?

— Alors pour toi, on doit toujours quelque chose à quelqu'un ?

— Je disais ça comme ça. Je n'accuse personne.

Eli a refermé la porte de ma chambre derrière lui et s'est avancé vers moi. Il se mouvait lentement, en posant une botte devant l'autre.

Je ruminais ma haine de lui.

L'aigle descendait en piqué à travers les hautes herbes puis s'élevait dans le ciel nocturne et bleu vers les fils téléphoniques.

Dehors, j'entendais des voix qui venaient du parking. Je savais que les esprits indiens étaient là. Je les entendais chuchoter tandis qu'ils marchaient sur le sentier des larmes. C'était un chuchotement qui ressemblait à : *sécurité, sécurité, sécurité, la Grande Splendeur commence*.

La seule autre fois où j'avais été seule avec Eli, c'était quand je l'avais vu pour la première fois, nu, assis sur le lit dans la caravane du pasteur Rex, un fusil de chasse posé sur ses genoux.

Eli n'était plus qu'à deux pas de mon lit. J'ai dit :

— Arrêtez-vous là.

— Chut, chut, chut, a-t-il dit. Toi et moi, on a tous les deux besoin d'une épaule.

— Sortez d'ici.

— Écoute, Pearl, a dit Eli, Margot me manque autant qu'à toi. Elle est au ciel.

Quand il a dit « Margot », j'ai entendu le nom de ma mère à l'intérieur de son corps, là où il l'avait caché après l'avoir volé, comme de l'argent. Volé comme on vole une bible dans une chambre d'hôtel.

— Bien sûr qu'elle vous manque, bien sûr, ai-je dit. Je parie qu'elle vous manque tout le temps. Vous n'avez même pas enlevé votre chapeau devant la fille de ma mère assassinée.

Eli a posé son chapeau sur le lit.

— Vous êtes un menteur, ai-je dit.

— Ah, la voleuse me traite de menteur ?

J'ai glissé la main sous l'oreiller, j'ai pris le pistolet et je l'ai pointé sur lui.

Eli a regardé l'arme et s'est arrêté.

— Ne vous approchez pas, ai-je dit.

— Hé, hé là ! Pearl, qu'est-ce que tu fais ?

— Vous vous souvenez ? Vous nous avez donné ce pisto-let, monsieur Eli. Vous vous rappelez ? Vous avez dit à ma mère que c'était pour notre sécurité.

— Bien sûr, je voulais que vous soyez en sécurité, en effet. Ça ne me semblait pas bien qu'une jeune femme et une gamine vivent dans une voiture sans arme. Pose-le.

— Dites vos dernières paroles. Vous avez prévu quoi, comme dernières paroles ?

— S'il te plaît, hé ! Pearl, pose cette arme. Arrête.

— Qu'est-ce que vous faites dans ma chambre ? Pourquoi êtes-vous venu ici ? Il est tard.

— Je voulais que tu saches que je suis ton ami. Je voulais te réconforter. Et puis, si tu poses ce pistolet, je te dirai qui est ton père. Ta jolie petite maman ne te l'a jamais dit. Je le sais. Margot m'a dit que tu ne le savais pas.

— Je ne vous crois pas, monsieur Eli.

— Elle ne voulait pas que tu te mettes dans la tête de partir à sa recherche. Ta maman préférait que tu n'ailles pas fouiller dans tout ça et remuer toute cette histoire.

Je savais que je voulais lui tirer dessus et le tuer. Il n'était qu'un prestidigitateur de vérité à deux sous, avec un clou dans sa chaussure.

— Pose le pistolet, a dit Eli. Pearl, petite fille, petite coquille de nacre, pose ce pistolet. Je vais te le dire, écoute. Ton papa était un pianiste, tu sais, l'homme qui donnait des leçons de piano à ta mère.

— Arrêtez de mentir. Vous vivez avec vos doigts croisés dans le dos.

— Ce pianiste, il aimait sucer des morceaux de sucre.

J'ai retenu mon souffle et j'ai tenu fermement la crosse du pistolet que ma mère m'avait appris à utiliser, là-bas, au bord de notre rivière.

— Ton père se promenait toujours avec des morceaux de sucre dans ses poches.

Eli ne mentait pas.

Ma mère jouait sur le piano imaginaire du tableau de bord de la voiture, et je ne savais même pas que c'était pour mon père qu'elle le faisait.

J'étais née des gammes toniques, des bémols et des dièses, des pauses et des soupirs, née des tons et demi-tons, des intervalles, née des legatos, des accords et des arpèges, et du battement de cœur du métronome : amour, amour, amour, amour, amour, amour.

Mais Eli aurait dû être plus malin. Il pouvait peut-être embobiner une femme adulte, mais pas une gamine à qui il venait de faire cadeau d'un père. Eli Redmond ignorait qu'il venait d'adresser ses mots pleins de miel à une championne, une risque-tout médaillée d'or.

Je n'éprouvais aucun sentiment pour lui.

Après tout, il n'avait rien de cassé.

Dans cette pièce, le mot pitié était aux abonnés absents.

J'ai baissé les yeux sur ma main et sur la bague d'opale bleue de mon père qui ornait mon doigt.

Eli aurait dû savoir, pourtant, que rien de bon n'advient jamais après minuit.

J'ai regardé Eli. Je l'ai visé. J'ai tiré. Je l'ai tué pour ma mère et avec l'intervention divine de son chœur de chanteurs qui chantait le blues.

41

Effacer toutes les empreintes dans une chambre d'hôtel est un vrai acte de bonté.

Corazón a entendu le coup de feu qui a tué Eli et elle est venue dans ma chambre.

— Pearl, tu es là ? a-t-elle demandé avant de frapper.

Je n'ai pas répondu.

Elle a ouvert la porte.

J'étais toujours assise sur mon lit, sous les couvertures. Eli était étendu par terre. Je n'avais pas raté mon coup.

Corazón s'est occupée de tout. Elle a effacé mes empreintes digitales sur toutes les surfaces, tandis que je restais dans mon lit et qu'Eli gisait sur le tapis de la chambre d'hôtel, mourant encore et encore. Chaque fois que je regardais l'endroit où il était allongé, il mourait encore une fois, comme si le regarder c'était tirer sur lui à nouveau.

Corazón s'est occupée de tout comme si elle ramassait des ballons crevés et des assiettes en papier maculées de glaçage au chocolat après une fête d'anniversaire. Elle décrochait les banderoles et balayait les confettis.

Quand elle a eu fini, elle m'a aidée à m'habiller comme si j'avais six ans. Elle a boutonné mon chemisier, m'a tenu mon jean pendant que je me glissais dedans et a remonté la fermeture Éclair. Elle s'est agenouillée sur le tapis et a lacé mes baskets.

Elle a fait mes bagages.

Ensuite elle a ramassé le pistolet qui gisait sur le lit et l'a mis dans la poche avant gauche de son jean.

J'ai su que je l'aimerais jusqu'à la fin de mes jours parce qu'elle n'était pas en colère. Elle ne m'a pas grondée.

Puis Corazón m'a emmenée dans sa chambre et m'a donné un verre d'eau.

— Écoute, a-t-elle dit, on va aller au Mexique. Dès que Ray sera revenu avec la voiture, demain matin, on passera la frontière. Il faut qu'on déguerpisse d'ici le plus tôt possible. Chez moi, dans ma ville, tu seras la personne la plus blanche qu'ils auront jamais vue. Ils ont vu des blondes, mais rien d'aussi bizarre que toi, sauf une fois un âne qui était albinos. Quelqu'un, un jour, a vu un dauphin blanc à Acapulco. C'était même dans les journaux.

Ma mère aurait dit :

— Ce qui t'est arrivé n'était pas dans le Livre de Vie de l'Agneau.

En tout cas, autant que je sache, il n'y avait personne de ma famille dans ce livre.

Corazón m'a expliqué que les hommes qui travaillaient pour Ray, ceux qui avaient pris livraison des sacs d'armes à Mobile, se chargeraient du corps d'Eli.

— Pas la peine de t'inquiéter de quoi que ce soit. Ray est le genre d'homme qui s'occupe de tout.

Dans sa chambre, Corazón a pris des journaux qui restaient dans la poubelle et les a utilisés pour emballer mon pistolet vengeur. Puis elle a ouvert le sac militaire dévolu aux armes de poing et l'a rangé dedans.

— Cette pistolet, elle doit aller avec toutes les autres, a dit Corazón.

— Est-ce que Ray va être en colère ? ai-je demandé.

— Bien sûr que non. Il n'y a personne sur cette terre qui aimait Eli Redmond.

Quand j'écoutais mon cœur, j'entendais des bruits de pas. Toute la nuit, nous sommes restées dans la chambre d'hôtel à fumer cigarette sur cigarette.

Tout au long de cette très longue nuit, nous savions toutes les deux que fumer ces cigarettes nous gardait en vie.

42

Au matin, quand Ray est arrivé, Corazón et moi étions toujours assises dans la chambre, vigilantes, tout à notre veillée d'Eli. Deux bouteilles d'eau en plastique remplies de mégots de cigarettes, qui faisaient un peu bouteilles à la mer, étaient sur le chevet près du lit.

Quand Ray est entré dans la chambre, il nous a trouvées dans une pièce fermée remplie de fumée, entourées de sacs bourrés d'armes.

Je me suis levée et me suis glissée dehors. Je n'avais pas envie d'écouter Corazón raconter à Ray ce qui s'était passé, ni d'entendre ma vie mise en mots.

Je suis sortie de la chambre d'hôtel dans l'air frais et nouveau du matin et je n'ai pas regardé à côté, où je n'avais pour horizon que la chambre où gisait Eli.

L'un après l'autre, les camions et les voitures passaient sur les autoroutes qui entouraient l'hôtel. J'ai respiré un mélange de diesel et de gaz d'échappement. Une fine couche de rosée recouvrait le sol en ciment gris du parking.

J'ai levé les yeux. En ce jour parmi tous les autres, la lune était toujours dans le ciel parce que cette nuit ne s'en irait

pas de sitôt. Elle s'attardait encore un peu pour savourer les dernières miettes.

Après quelques minutes, Ray et Corazón sont sortis. Chacun d'eux portait un des lourds sacs remplis d'armes.

Ray m'est passé devant en me frôlant et s'est dirigé tout droit vers la voiture. Bien sûr, je savais qu'il ne prononcerait pas un mot.

Corazón s'est arrêtée à ma hauteur et a posé son sac par terre.

— Ne t'inquiète pas, je t'avais dit que Ray ne serait pas fâché. Il a seulement dit que mieux valait tard que jamais, ce qui veut dire qu'il aurait préféré que ça arrive plus tôt. Tu sais, Ray n'accorde pas beaucoup d'importance à la vie. Pour lui, tu as tué un insecte avec une tapette à mouches.

Je suis allée à la voiture avec Corazón. Ray a rangé deux des longs sacs dans le coffre et mis un autre sur les sièges arrière.

Ray m'a regardée et m'a montré la voiture.

J'ai compris.

Corazón m'a tenu la portière ouverte et je suis montée dedans. Je me suis allongée sur le siège arrière, sur le sac d'armes. Au début, c'était plutôt inconfortable, mais ensuite j'ai remué un peu et trouvé une bonne position, et le métal s'est tassé sous moi. Je me suis mise sur le dos pour pouvoir regarder par la lunette arrière.

Mon corps n'était pas plus long qu'une carabine de chasse.

Puis Corazón a posé doucement un autre sac sur moi, celui qui contenait les pistolets.

Le contenu du sac du dessus s'est aussi tassé, et, à travers la toile, j'ai senti le poids de dizaines d'armes de poing

emballées dans du papier journal. Le pistolet d'Eli était en bonne compagnie.

— Comme ça, tu seras bien cachée, a dit Corazón. Personne ne pourra te voir de l'extérieur.

J'étais revenue chez moi. Je m'étais allongée sur des sièges arrière de voiture ma vie entière. J'étais dans la chambre de ma mère.

Corazón m'a expliqué que chaque mois ils payaient un garde-frontière pour qu'il les laisse passer les armes au Mexique, mais que prendre une enfant avec eux pourrait créer des problèmes.

— Une fois qu'on aura passé la frontière, tu pourras venir t'asseoir devant, à côté de moi, a-t-elle dit. Ça ne sera pas très long. Ne t'inquiète pas. Espérons qu'il n'y aura pas trop de circulation. Une fois qu'on aura traversé le pont, tout ira bien.

Ray a démarré, il a fait une marche arrière, puis il a lentement quitté l'hôtel. La voiture s'est éloignée du corps d'Eli Redmond, elle est partie, partie, loin, loin en direction de la frontière.

Corazón n'arrivait pas à s'arrêter de parler. Elle remplissait mon silence de ses mots.

— Tu verras, disait-elle, le Mexique est le plus beau pays du monde. C'est vrai. Tu vas l'adorer. Tout le monde parle espagnol. Là-bas, on sait qu'il y a des paroles dans le silence. Là-bas, on sait qu'on peut aimer quelqu'un et ne jamais lui dire. Tu ne voudras plus jamais partir. Peut-être que tu deviendras célèbre et que tu chanteras dans les fêtes et les soirées. Je te montrerai tout, et ça ne sera pas un rêve.

Depuis ma cachette sous les sacs, j'avais un minuscule petit trou par lequel je pouvais regarder le ciel à travers la lunette arrière.

— Il va pleuvoir, a dit Corazón, regarde ces nuages tout noirs.

Quelques gouttes de pluie se sont mises à tomber.

J'ai pensé à Leo, au foyer, dormant dans mes larmes-pour-ma-mère-assassinée.

— On passe la frontière, maintenant, a dit Corazón.

Je savais que je reviendrais un jour aux États-Unis pour Leo et pour chercher mon père dans les Pages Jaunes de la vie.

— On est sur le pont, a dit Corazón. C'est le pont Juarez-Lincoln. On traverse la rivière.

J'ai contemplé le ciel et j'ai pris ma première inspiration, une qui n'appartenait à aucun pays.

Dehors, quelques gouttes de pluie plus grosses se sont mises à tomber et à s'écraser sur la vitre. Puis il s'est lentement mis à pleuvoir vraiment, de la pluie accompagnée du tonnerre du matin, et les fenêtres se sont mises à saigner de l'eau.

Le matin est devenu aussi sombre que la nuit qui tombe.

Au guichet d'entrée, au commencement de l'autoroute du côté mexicain, un garde-frontière nous a arrêtés. Il a frappé à la vitre du côté du conducteur.

— Ne bouge pas, m'a dit Corazón. Ne respire même pas.

— J'ai l'argent ici, a-t-elle dit alors que Ray stoppait la voiture et éteignait le moteur.

Il a appuyé sur le bouton et la vitre électrique est descendue. J'ai entendu le froissement du papier quand il a tendu au garde une grosse enveloppe Kraft.

Des mots ont été dits en espagnol, puis Ray a redémarré et a tourné le volant en direction de l'autoroute.

En nous éloignant, nous avons laissé l'orage derrière nous, aux États-Unis.

— N'aie pas peur, a dit Corazón, Ray aime conduire vraiment vite. Il se fiche des limites de vitesse.

Tandis que l'aiguille grimpait sur le compteur, la voiture a été frappée par la lumière du soleil. Corazón a baissé sa vitre et une brise tiède est entrée dans l'habitacle.

Le morceau de ciel est devenu bleu et Ray a accéléré, roulant de plus en plus vite, entrant plus avant au Mexique.

J'étais allongée parmi les fusils et les pistolets, parmi les morts qui avaient été et les morts à venir.

La lumière du soleil et la vitesse m'ont rendue somnolente, et je me suis pelotonnée dans le sac-berceau qui accueillait mon corps.

Dans ma rêverie j'étais parmi des squelettes, comme si les pièces métalliques des armes étaient de longs fémurs et des côtes, des cubitus courts et des côtes, comme sur les images de radios, de clichés aux rayons X de corps brisés, et je sentais la poudre, et peut-être aussi la rouille et le sang, et le sang et la rouille. Et les âmes des animaux, et les âmes des gens étaient toutes autour de moi, et j'ai entendu une chanson, qui résonnait comme des louanges. Des applaudissements. J'ai entendu : « *Pearl, Pearl, Pearl* », comme si on me félicitait.

Cet ouvrage a été mis en page par IGS-CP
à L'Isle-d'Espagnac (16)

REMERCIEMENTS

L'auteure aimerait remercier la John Simon Guggenheim Memorial Foundation, la Santa Maddalena Foundation, la City of Asylum de Pittsburgh, et le Fondo Nacional para la Cultura y las Artes, une bourse du Sistema Nacional de Creadores de Arte du Mexique. Elle souhaite également exprimer sa gratitude envers Richard Courtenay Blackmore, Susan Sutliff Brown et Claudia Salas Portugal.

CET OUVRAGE
A ÉTÉ ACHEVÉ D'IMPRIMER
SUR ROTO-PAGE
PAR L'IMPRIMERIE FLOCH
À MAYENNE EN MAI 2018

N° d'édition : L.01ELHN000419.N001. N° d'impression : 92770
Dépôt légal : août 2018
Imprimé en France